彩色修訂版

日語閱讀越聽越上手

日本經典童話故事

附
情境配樂
中日對照朗讀
QR Code
線上音檔

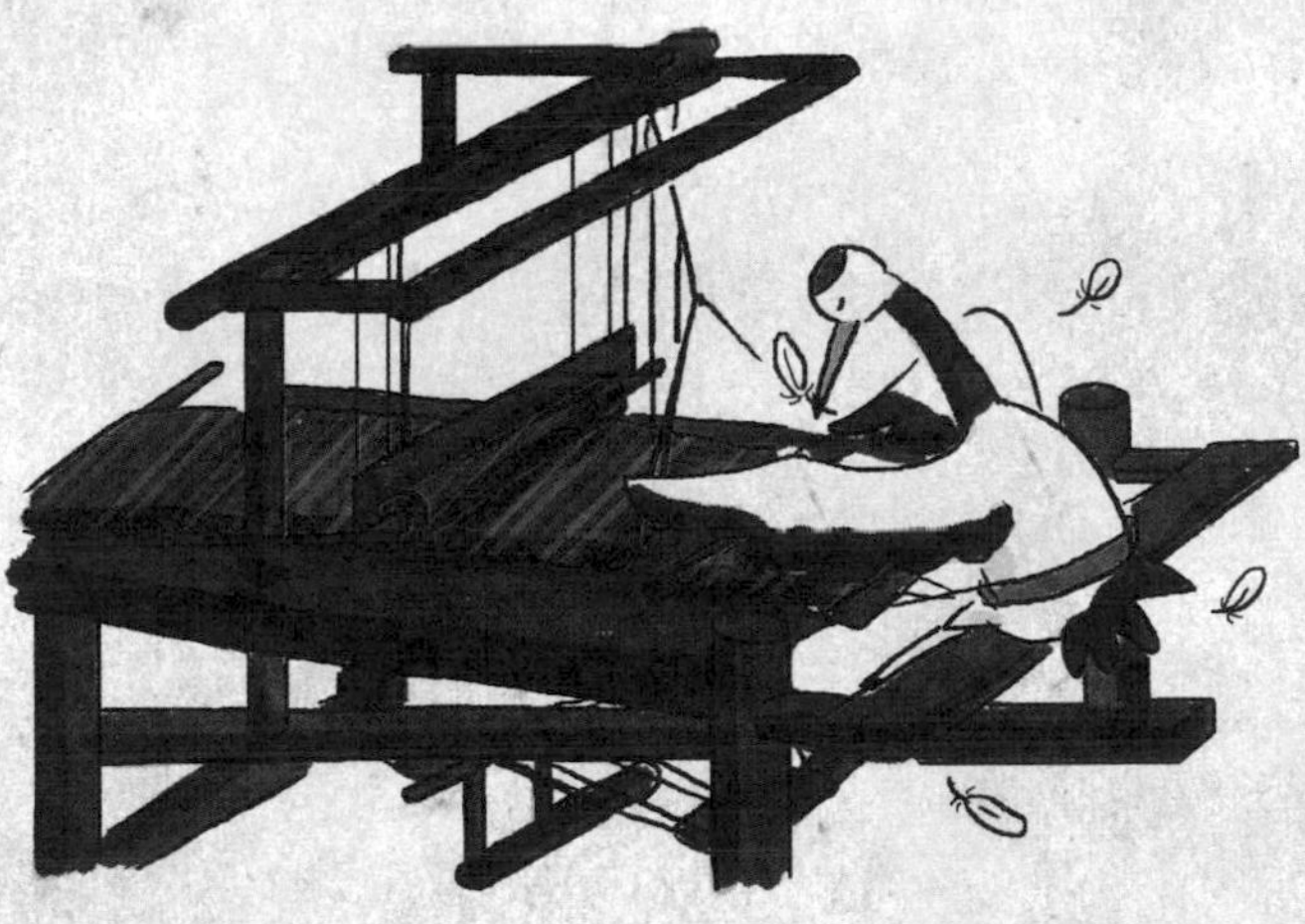

作者 何欣泰
插畫 山本峰規子

笛藤出版

前言

猜猜看，什麼方式最容易學好一種語言？

答案是：閱讀、朗讀與聽力三種學習方式同時進行！

因為從閱讀中不僅可以學到單字、語法、句型等，由閱讀再延伸到朗讀可以讓日文發音更標準、表達更流暢、用字更精準。

本書特別挑選了十一篇日本國民家喻戶曉的經典童話為題材，相信讀者們應該也對其中一些故事耳熟能詳，請隨著情境配樂中日朗讀MP3，跟著我們一起提升聽力與閱讀能力吧。在生動有趣的故事與日本插畫家——山本峰規子栩栩如生的插畫帶領下，一起進入日本古時氛圍，身歷其境於每一則小故事中吧！

期盼此書能幫助讀者以輕鬆的心情閱讀時，可以學習更多字彙與句型用法，並且透過大聲朗讀，讓發音更標準、表達更流暢、記憶更持久。本書不僅是為了日語學習者所編寫，還想讓更多人透過日本童話故事，深刻體會日本文化的韻味與魅力。最後，衷心期盼您會喜歡我們所挑選的故事。

使用方法

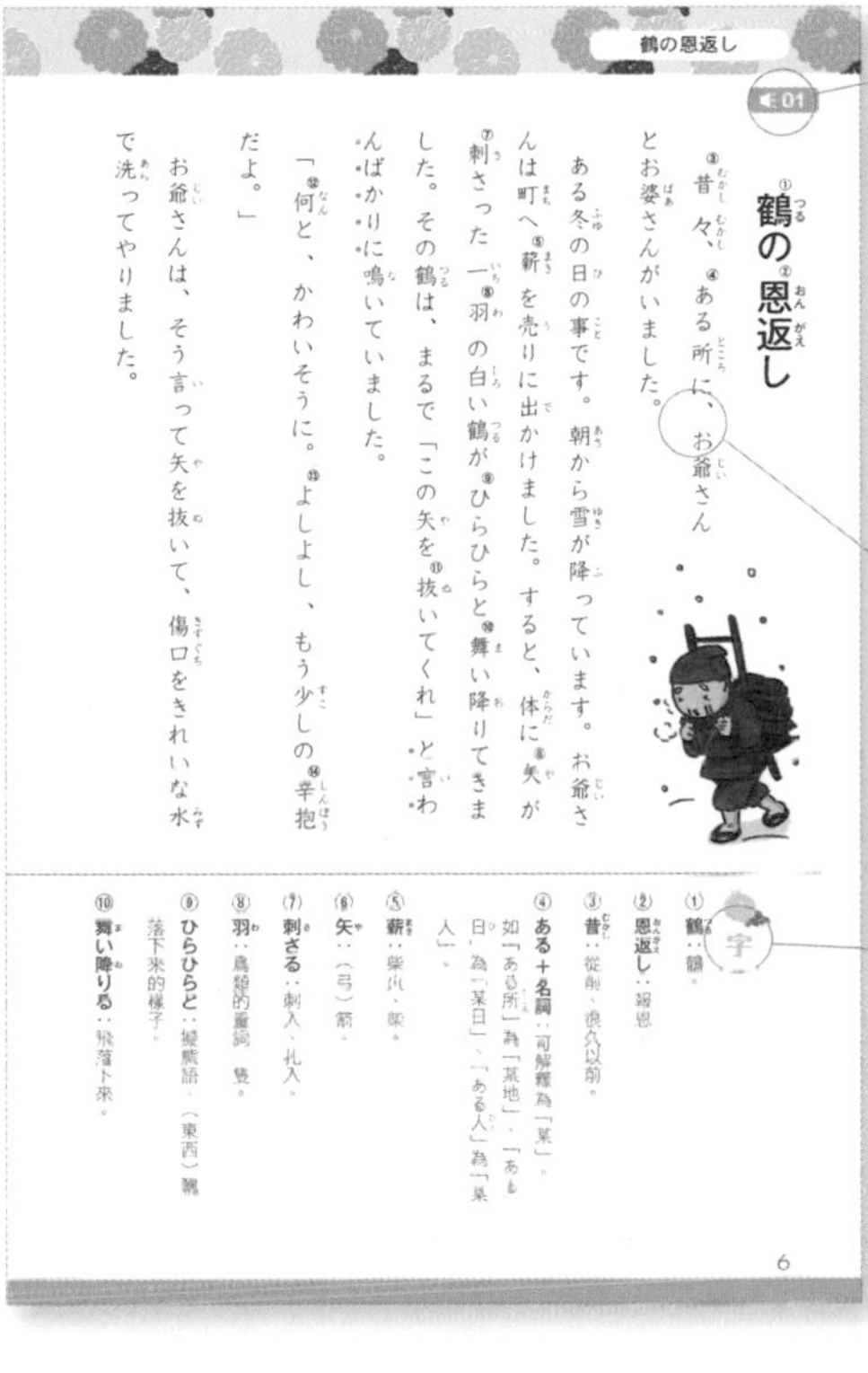
鶴の恩返し
01
鶴の恩返し
昔々、ある所に、お爺さんとお婆さんがいました。
ある冬の日の事です。朝から雪が降っています。お爺さんは町へ薪を売りに出かけました。すると、体に矢が刺さった一羽の白い鶴が、ひらひらと舞い降りてきました。その鶴は、まるで「この矢を抜いてくれ」と言わんばかりに鳴いていました。
「何と、かわいそうに。よしよし、もう少しの辛抱だよ。」
お爺さんは、そう言って矢を抜いて、傷口をきれいな水で洗ってやりました。
字
(1) 鶴：鶴。
(2) 恩返し：報恩
(3) 昔：從前、很久以前。
(4) ある＋名詞：可解釋為「某」。如「ある所」為「某地」、「ある日」為「某日」、「ある人」為「某人」。
(5) 薪：柴火、柴。
(6) 矢：（弓）箭。
(7) 刺さる：刺入、扎入。
(8) 羽：鳥類的量詞，隻。
(9) ひらひらと：擬態語。（東西）飄落下來的樣子。
(10) 舞い降りる：飛落下來。
6

❶MP3 音軌

每則故事的右上角都會有一個音軌的小標示，您可以自由選擇想聽的故事，當音樂開始播放時，試著讓自己慢慢進入故事裡面，如果可以，先不要看書，和我們一起先用耳朵進入日語的情境中。

❷閱讀本文

聽完故事後，想更了解故事本文，就翻開本書吧。但記住，先忍耐一下，試著略過中文解說和解釋，相信自己可以做到！

❸看單字文法解說

如果仍有不懂的單字，再去查字典，之後再閱讀一次本文。這時就會發現，即使不看中文翻譯，也能輕鬆閱讀日文故事了。

最後再一次聆聽 MP3，跟著故事的起承轉合，一起沈浸在日本童話的奇幻世界。

♪ MP3 音檔請至下方連結或掃 QR Code 下載：

https://bit.ly/JPStory11

★請注意英數字母大小寫區別★

■日語發聲　須永賢一・永野惠子
■中文發聲　陳進益・盧敘榮

目錄

鶴<ruby>つる</ruby>の恩<ruby>おん</ruby>返<ruby>がえ</ruby>し

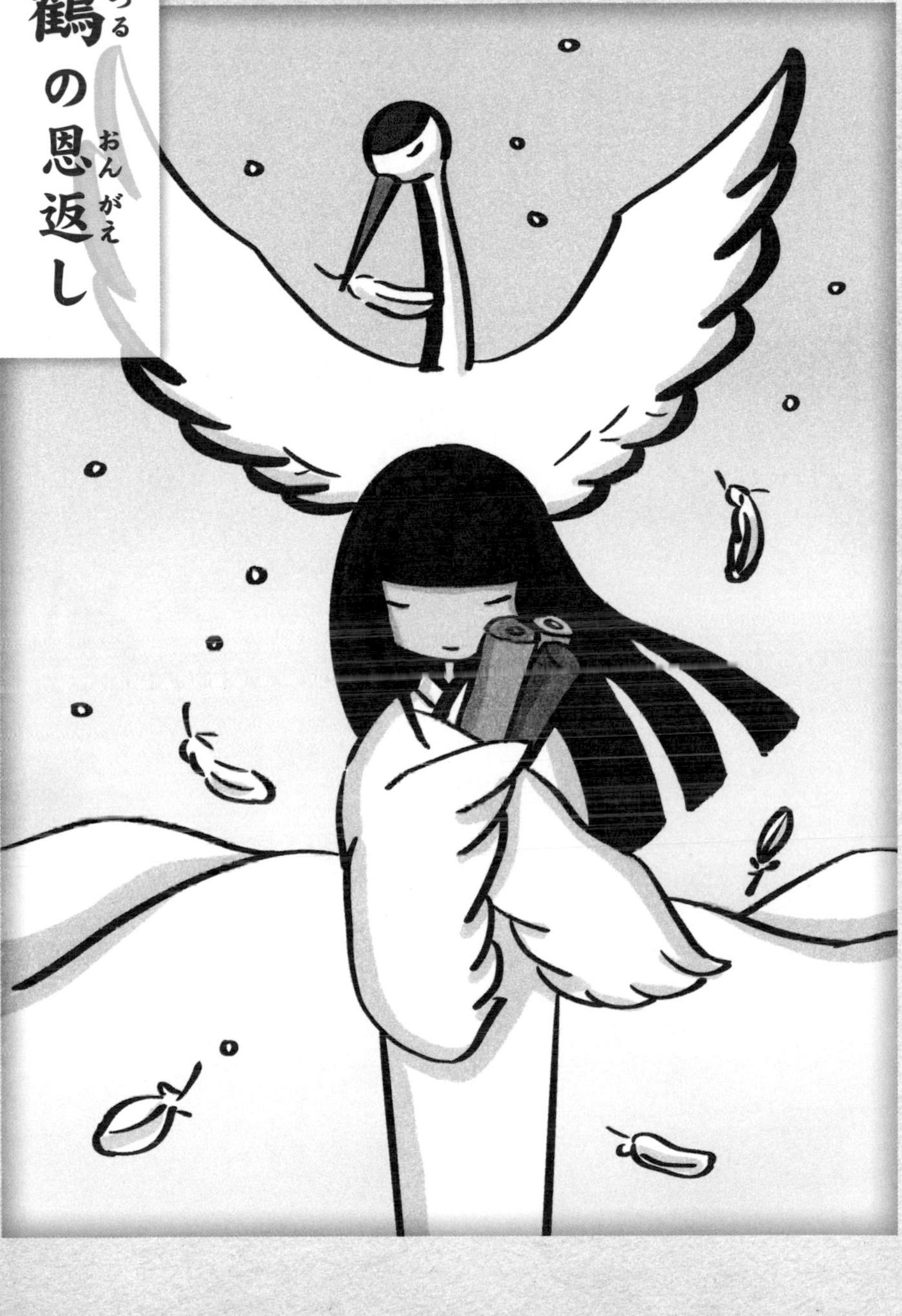

01

①鶴の②恩返し

③昔々、④ある所に、お爺さんとお婆さんがいました。

ある冬の日の事です。朝から雪が降っています。お爺さんは町へ⑤薪を売りに出かけました。すると、体に⑥矢が⑦刺さった一⑧羽の白い鶴が⑨ひらひらと⑩舞い降りてきました。その鶴は、まるで「この矢を⑪抜いてくれ」と言わんばかりに鳴いていました。

「⑫何と、かわいそうに。⑬よしよし、もう少しの⑭辛抱だよ。」

お爺さんは、そう言って矢を抜いて、傷口をきれいな水で洗ってやりました。

字

① **鶴**：鶴。
② **恩返し**：報恩。
③ **昔**：從前、很久以前。
④ **ある＋名詞**：可解釋為「某」。如「ある所」為「某地」、「ある日」為「某日」、「ある人」為「某人」。
⑤ **薪**：柴火、柴。
⑥ **矢**：（弓）箭。
⑦ **刺さる**：刺入、扎入。
⑧ **羽**：鳥類的量詞，隻。
⑨ **ひらひらと**：擬態語，（東西）飄落下來的樣子。
⑩ **舞い降りる**：飛落下來。

02

鶴的報恩

中 從前、從前，在某個遙遠的地方，住著一對老爺爺和老奶奶。

某個冬天，從早晨就開始下著雪，老爺爺挑柴到城鎮裡去賣。那時，有一隻被箭刺傷的白鶴飛落下來。那隻鶴彷彿在說：「拜託請幫我把箭拔出來吧！」似的悲鳴著。

「哎呀，真可憐！好的，好的，請再忍耐下喔！」

老爺爺說著，就幫牠把箭給拔出來，並且用乾淨的水為白鶴清洗傷口。

⑪ **抜く**（ぬ）：拔出。
⑫ **何と**（なん）：感嘆詞，表示驚訝。
⑬ **よし**：感嘆詞，表（許可、制止、了解的）好。
⑭ **辛抱**（しんぼう）：忍耐。

句

○**と言わんばかりに**（い）：幾乎是說、簡直就像是說。表示似乎要說但未說出口。

鶴は、お爺さんに二度も三度も①お辞儀をして、そして嬉しそうに飛んでいきました。

朝から②降り始めた雪が夜になっても止みませんでした。その夜、③貧しげな農家で食事をしているのはあのお爺さんです。今朝町へ行く途中、鶴を助けてやったお爺さんです。お爺さんがお婆さんに鶴を助けた話をしていると、④表の戸を、「トントン、トントン」と、⑤叩く音がします。

「ごめんください。開けてください。」若い女の声がします。

お爺さんが立って戸を開けます。すると、頭から雪を⑥かぶった⑦娘が立っていました。

字

① **お辞儀**：鞠躬、行禮。

② **降り始める**：開始下（雪）。

③ **貧しげ**：「げ」為接尾詞。「形容詞連用形＋げ」，為「～的樣子」之意。此為貧窮的樣子。

④ **表**：表面、外面。

⑤ **叩く**：敲打、拍。

⑥ **かぶる**：覆蓋。

⑦ **娘**：①女兒。②姑娘、少女。在此為②的意思。

句

○ **ても**：即使……依然……。

○ **助けてやる**：幫助別人。「てやる」有上對下的語感。

中 白鶴向老爺爺敬了好幾次禮，好像很高興似的飛走了。

大雪不停歇地從早下到晚。夜裡，救了白鶴的好心老爺爺正在一邊吃飯一邊跟老婆婆講著今天早上救了白鶴的事情，這時大門傳出了「咚、咚」的敲門聲。

「有人在家嗎？請幫我開個門。」是位少女的聲音。

老爺爺站起來去開門，站在門邊的是位身上覆蓋著白雪的女子。

○ **話をする**（はなし）：說某事、提到某事。
○ **～と**：前加活用語終止形，表示「一……就……」。
○ **音がする**（おと）：發出聲響，有聲音。
○ **ごめんください**：請問有人在家嗎？
○ **すると**：然後、於是。

「①お前さんは、誰だね。」

「道に迷ってしまいました。お願いします。②一晩③泊めていただけますか。」

「④さあさあ、寒かったでしょう。速く入りなさい。」と、娘を家に入れてやりました。

「ありがとうございます。」

⑤あくる朝、お爺さんとお婆さんが起きると、娘は⑥既に起きていました。

掃除、食事の⑦用意など、⑧一生懸命に⑨働きました。⑩そして、⑪朝食の時です。

字

① **お前**：「你」的意思。通常是男性稱呼同輩或晚輩時，非禮貌性第二人稱代名詞。

② **一晩**：一晚。

③ **泊める**：住宿。

④ **さあ**：感嘆詞，表示勸誘或催促。

⑤ **あくる**：連體詞，「下一個、翌」之意。

⑥ **既に**：已經。

⑦ **用意**：準備、預備。

⑧ **一生懸命**：拚命地、一心一意地。由武士為保護領地裡的一草一木而拚命「一所懸命」的用法而來。

⑨ **働く**：「工作」之意。「働」為和字又稱和製漢字（日本人按照漢字

中

「妳是誰呢？」

「我迷路了。可以請你讓我留宿一晚嗎？」

「快進來吧，一定很冷了！」老爺爺說著，就答應讓少女進屋來了。

「謝謝。」

隔天早晨，老爺爺老婆婆起床的時候，發現少女早已起床了。

掃地、準備早餐等，少女一起床就拚命地工作。然後到了吃早餐的時候，少女向老夫妻們說道：

造字方式，創造出來的漢字）。

⑩ **そして**：然後。

⑪ **朝食**（ちょうしょく）：早餐。

句

○ **道に迷う**（みちにまよう）：迷路。

○ **お願いします**（おねがいします）：拜託。

○ **~ていただけますか**：可以~嗎？是一種有禮貌的說法。

○ **なさい**：表示命令。

○ **~てやります**：①幫對方做~、讓對方做~。有上對下的含義在。②積極地做某件事，並有刻意表現給某人看的意思。在此為①的意思，表示讓她進家門。

「お願いがございます。私は①身寄りのない娘です。両親と死に別れましたので、もう行くところがないのです。②暫くここに置いていただけますか。」

「③だが、こんな貧しい家では……。」

「④かまいません。」

「それなら、⑤いっそうちの子になって⑥もらおうか。子供がずっとほしかった⑦し。」

お爺さんとお婆さんは喜んで、そう言いました。

それから三人は貧しいけれど、楽しい毎日を過ごしました。

さて、ある日、娘はお爺さんとお婆さんの前に手をついて、「お父さま、お母さま、お願いがございます。」と言いました。

字

① **身寄り**：親人、親戚。
② **暫く**：暫時。
③ **だが**：但是。
④ **かまわない**：沒有關係。
⑤ **いっそ**：乾脆、不如。
⑥ **もらおう**：「もらう」的意志形。在此為做我們的孩子「吧！」的意思。
⑦ **し**：前加活用語終止形，表示①並列。②原因理由。在此為②的意思。

句

○ **お願いがございます**：有事相求。「ございます」是「ある」的禮貌說法。

中 「我有件事情想拜託你們。我無依無靠，而且父母雙亡，我已經沒有地方可以去了。能不能暫時讓我留在這裡？」

「但是，我們家這麼窮……。」

「沒有關係的。」

「這樣啊，那妳乾脆當我們家的孩子好了！我們一直都很想要有個孩子呢！」老爺爺和老婆婆開心地說道。

從那時候開始，三個人就一起過著雖然貧窮但是卻很快樂的生活。

某天，少女跪坐著雙手及地，向老爺爺老婆婆說：「父親、母親，有件事情想拜託你們。」

○死に別れる：死別。
○置いていただけますか：可以讓我待（放）在這裡嗎？
○さて：轉換話題的接續詞。
○手をつく：跪坐著雙手碰地。

「私は布を織ることができます。①機織り場を作ってください。」

「それは②ありがたいことだ。すぐ作ってあげよう。」

「もう一つのお願いがございます。私が機織り場にいるとき、絶対に中を見ないでください。」

「どうして？」

「③訳は言えません。④とにかく決して見ないと⑤約束してください。」

「⑥そうか。お前が見ないでと言う⑦なら、⑧わしは見ない。」

「私も、見ませんよ。」

字

① **機織り場**：織布的場所，織布間。

② **ありがたい**：源自「少有、難有」之意。表示難得的、值得感謝的。

③ **訳**：原因、理由。

④ **とにかく**：總之、無論如何。

⑤ **約束する**：約定。

⑥ **そうか**：這樣啊。

⑦ **～なら**：～的話。

⑧ **わし**：老年男子自稱。

中

「我很會織布。請幫我做一個織布間。」

「妳真棒呢！我馬上幫妳做一個！」

「還有一件事情想拜託你們。我在織布間工作的時候，請你們絕對不要偷看。」

「為什麼呢？」

「理由我不能說。總之，請答應我絕不能偷看。」

「這樣啊，好。妳說不看我就不看。」

「我也不看。」老婆婆也說。

好久好久以前

見るなのタブー：不能看的禁忌。

句

○ **布を織る**：織布。

○ **ことができる**：會做某事。

○ **~てあげる**：為別人做~。與「~てやる」意思相同但更有禮貌。

○ **決して見ない**：絕對不看。「決して」表示絕對~。後面常接否定。

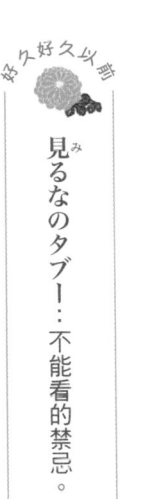

お爺さんはすぐ機織り場を①作り上げました。娘は朝早くから夜遅くまで布を織りました。

「②キートン、パタパタ、トンカラリト、キコバタトン」という機の音がしてきます。

七日目の夜、機織り場から出てきた娘の足はすこし③ふらついていました。そして、娘は④きらきらと光る織物をお爺さんとお婆さんの前に⑤差し出しました。

「⑥ようやっと、⑦一反織り上がりました。これは⑧綾錦という布でございます。」

「まあ、何と⑨見事なもの。空の雲のように軽い、美しい⑩織物ではないか。今まで聞いたことも見たこともない見事な織物だ。」とお爺さんは驚いて言いました。

字

① **作り上げる**：完成。

② **キートン、パタパタ、トンカラリト、キコバタトン**：皆為形容織布時的聲音。

③ **ふらつく**：搖晃、蹣跚。

④ **きらきらと**：閃耀、閃爍。

⑤ **差し出す**：遞出、送出。

⑥ **ようやっと**：「ようやく」＋「やっと」的混合詞。好不容易、終於。

⑦ **一反**：日本紡織品單位。約為成人一人份和服的布量。「一反」長約十公尺，寬約三十四公分。

⑧ **綾錦**：綾羅綢緞。

⑨ **見事**：非常漂亮、卓越、很棒。

⑩ **織物**：織品、布。

中 老爺爺馬上就將織布間做好了。之後少女從早到晚，都待在裡面織布。

「嘰咚、啪搭、咚咖拉呷哆、嘰扣叭喇咚」織布的聲音不停地響著。

到了第七天的晚上，少女有點東搖西晃步履蹣跚地步出織布間。並且將一匹閃閃發光的布送到老爺爺和老婆婆面前。

「我終於織好了這匹布。這個叫作綾錦。」

「哎喲，多麼漂亮的布啊！既輕盈又美麗簡直像天上的雲一樣呢！這布真的是前所未見的美麗呀！」老爺爺讚嘆地説著。

好久好久以前

掃き溜めに鶴：鶴立雞群。

句

○朝早くから夜遅くまで：從早到晚。

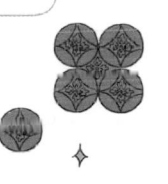

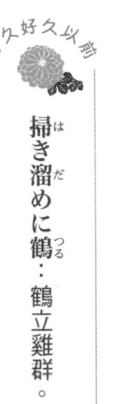

「お父さま、この綾錦を町へ持っていて、売ってください。きっと高く売れるでしょう。私はこれからも毎日①織り続けます。」

あくる朝、お爺さんは綾錦を売りに町へ行きました。夕方、お婆さんは一人で食事の②支度をしています。

「キートン、パタパタ、トンカラリト、キコバタトン」

という機の音が聞こえてきます。

「本当に③不思議だ。糸もないのに、あの娘は④どうやってあんな見事な織物ができるんだろう。一目、⑤ほんの一目、⑥覗いてみたいものだ。⑦けど、見る⑧なと言われた。」

字

① **織り続ける**：繼續織。
② **支度**：準備、預備。
③ **不思議**：不可思議。
④ **どうやって**：如何、怎麼（做到的）。
⑤ **ほんの**：一點點、些許。
⑥ **覗く**：看一下、窺視、偷看。
⑦ **けど**：「けれども」的縮音。「但是」之意。
⑧ **な**：前加動詞終止形，表示禁止之意。

中「爸爸，請將這綾錦帶到鎮上賣了吧！這匹布一定能夠賣到好價錢的。我今後也會每天繼續織布。」

隔天早晨，老爺爺就到鎮上賣綾錦去了。傍晚時，老婆婆一個人在準備晚餐。

「嘰咚、啪搭、咚咖拉哩哆、嘰扣叭喇咚」

老婆婆聽到了織布機的聲音。

「真是不可思議。連根線都沒有，那孩子是怎麼織出那麼美麗的布呢？一眼、真的只看一眼就好！偷偷看一下吧！可是，已經說好不能看了。」

好久好久以前

鶴の一声：有權者登高一呼做出決策。

句

○ **売りに行く**：拿去賣。「動詞連用形／動詞性名詞＋に行く」表示為了～而去。

○ **聞こえてくる**：傳進耳裡、聽見。

○ **のに**：明明～卻還～。

「でもほんのちょっとだけ。そうだ、①こっそりと覗いてみよう。こっそりと覗くなら、娘には分からないだろう。」

お婆さんは②忍び足で機織り場へと③近づき、戸の④隙間から⑤そっと中を覗きました。

「あっ！」と驚いて声を上げてしまいました。

「あっ！」と機織り場の中にいる娘も⑥びっくりして叫びました。

中には娘の姿はなく、一羽の鶴が自分の胸の毛を使って布を織っています。

お婆さんは⑦転がるようにして、家に⑧駆け戻り、⑨ぺたりと座ったまま、大きな息をついていました。その時、お爺さんが帰ってきました。

字

① **こっそりと**：偷偷地、躡手躡腳地。
② **忍び足**：踮著腳，躡手躡腳。
③ **近づく**：靠近。
④ **隙間**：縫隙。
⑤ **そっと**：悄悄地、偷偷地。
⑥ **びっくりする**：吃驚、嚇一跳。
⑦ **転がる**：跌倒。
⑧ **駆け戻る**：跑回去。
⑨ **ぺたりと**：撲通地（坐下）。

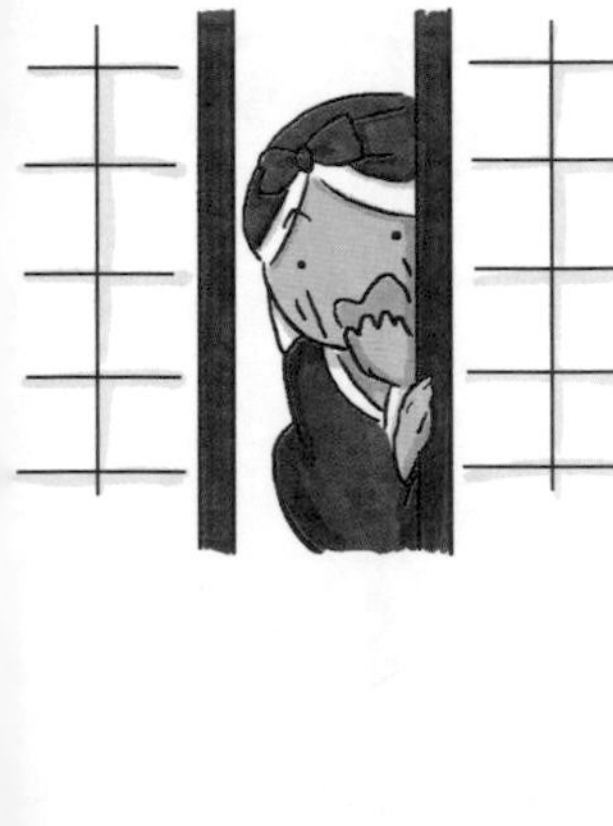

中

「不過就只看一點點。對了，偷偷地瞄一下好了。偷偷地瞄一下，那孩子應該不會發現的。」

老婆婆躡手躡腳地走近織布間，從門縫裡悄悄地偷看。

「啊！」老婆婆驚嚇地發出一聲慘叫。

「啊！」織布間內少女也嚇得大叫了一聲。

織布間裡面並無少女的身影，而是一隻白鶴用自己胸口的毛在織布。

老婆婆跌跌撞撞地跑回房裡，噗地坐下喘著大氣。就在此時，老爺爺回來了。

好久好久以前

福を得るためには、徳を積まなければならない。：想得到福報得先積德才行。

句

○声を上げる：拉高音量。

○息をつく：喘大氣。

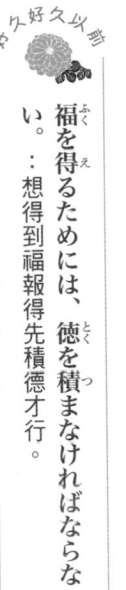

「おい、喜んでくれ！あの綾錦は高く売れた①ぞ。」

「あ、あな、あなた！あ、あの娘は鶴、鶴だよ！機織り場の中をこっそり覗いたら、鶴が自分の羽を取って布を織っていた。」

「えっ！鶴だ②って？なんで中を見たんだ？」

「ご、ご、ごめんなさい。一目、ほんの一目、見たくて……。」

「見るなと約束したのに。」

「本当にごめんなさい。」

その時、娘は機織り場から出てきて、③土下座して泣きながら④語りました。

字

① **ぞ**：終助詞，表示喔！男性用語。

② **～って**：終助詞，接在句末，表示①聽說，同「そうだ」。②聽完對方的話後，為了確認而反問對方。此時語尾音調須上揚。③主張自己的心情與意見。在此為②的意思。

③ **土下座**：跪在地上致敬或謝罪。

④ **語る**：説。

句

○ **喜んでくれ**：高興一下吧！

○ **泣きながら**：邊哭邊～。「動詞連用形＋ながら」表示一邊～一邊～。

中「喂！高興一下吧！那個綾錦賣了個好價錢囉！」

「親、親愛的！那、那孩子、是隻鶴啊！我偷偷地往織布間一瞧，是一隻白鶴用自己的羽毛在織布啊！」

「啊！是隻鶴？但妳為什麼偷看了呢？」

「對、對、對不起！一眼、我真的只看了一眼，實在忍不住……。」

「不是說好不能看的嗎！」

「真的非常對不起。」

此時，只見少女從織布間走出來，跪在地上一面哭泣一面說道：

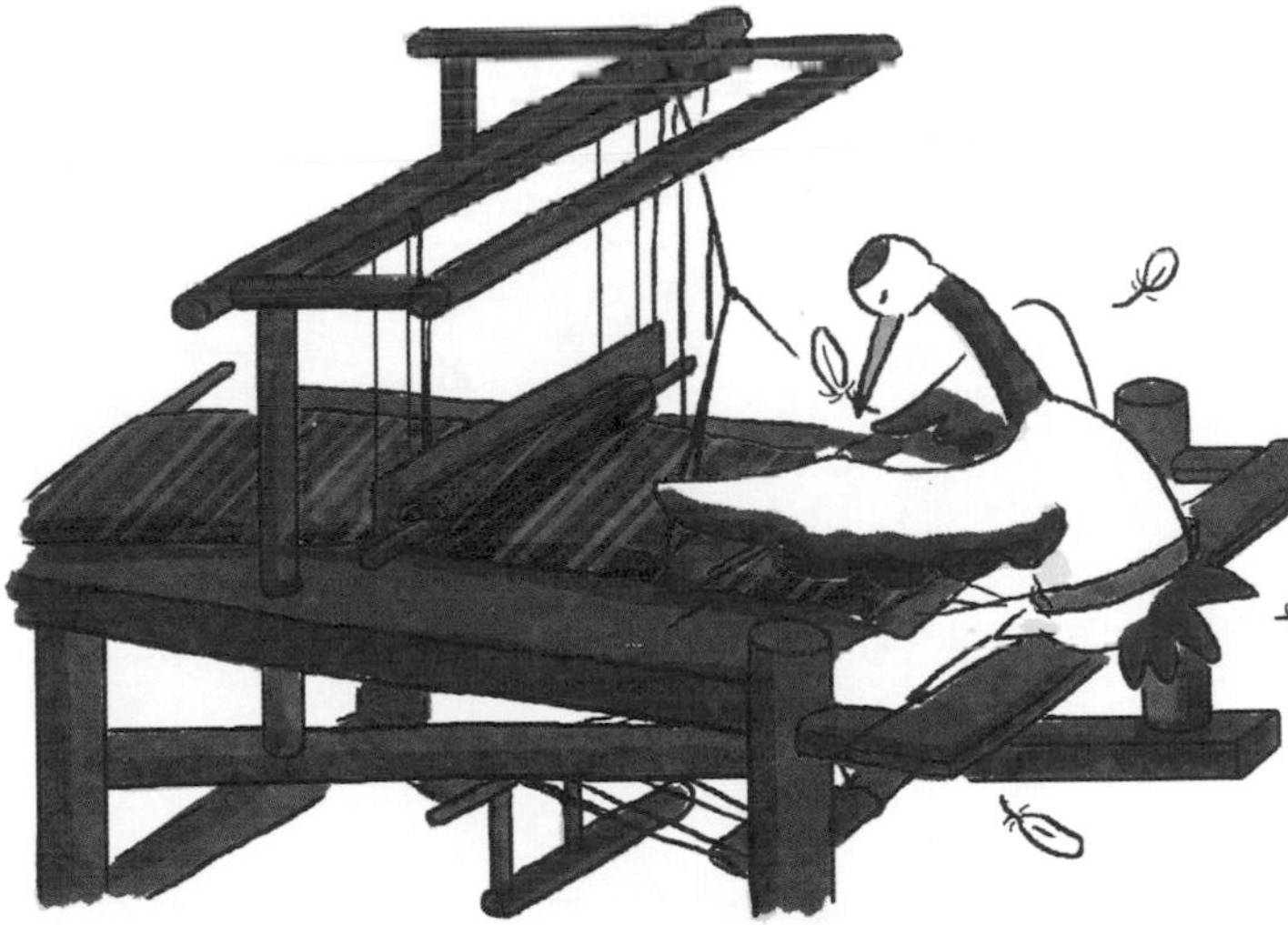

「実は、私はお父さまに命を助けていただいた鶴でございます。ご恩返しに、人間に変身して娘になって①参りました。②ずっと③一緒にいたかったのですが、私の④正体を⑤見られた⑥ので、もう人間の姿へと戻れません。お父さま、お母さま。もう、隠していても仕方ありません。⑦それで、ここを⑧去らなければなりません。⑨お別れしなければなりません。どうぞ、お二人とも健康で⑩長生きできるよう⑪お祈りしてます。」

中 「其實，我就是那隻被爸爸救了一命的白鶴。為了報答恩情，我化成人形，變成一個少女。我很想和你們一直在一起，但是我的原形已經被發現了，無法再變回人類的樣子了。爸、媽我已經沒辦法再隱瞞下去了。我必須離開這裡，永遠和你們分開了。祝福你們都能健健康康、長命百歲。」

字

① **参る**：「行く」(去)、「来る」(來)的敬語，在此為「來」的意思。
② **ずっと**：一直。
③ **一緒に**：一起、一同。
④ **正体**：原形、真面目。
⑤ **見られる**：被看見。
⑥ **ので**：因為，表示原因。
⑦ **それで**：所以。
⑧ **去る**：離開。
⑨ **お別れ**：分開。
⑩ **長生き**：長命百歲。
⑪ **お祈りする**：祈禱、祝願、希望。

句

○ **命を助ける**（いのち・たす）：救了性命。

○ **～なければならない**：一定要、非～不可。

娘は泣きながら家を出て行きました。お爺さんとお婆さんはその後を追いましたが、娘が①ぱっと一羽の鶴に変わって、ひと声②悲しげに鳴いて、空へ③舞い上がりました。そして家の上を三遍回ってから、④夕靄の中に消えていきました。その後、二度と姿を見せることはありませんでした。

中 少女一面哭泣一面跑了出去。老爺爺和老婆婆在後面追趕著。但是少女突然化為一隻白鶴，發出了一聲悲鳴就往天上飛了去，在老爺爺和老婆婆的家上方盤旋了三圈，就這樣消失在暮靄中。從此之後就再也沒出現過了。

字

① **ぱっと**：突然。

② **悲しげ**：很悲傷似的。

③ **舞い上がる**：飛了上去。

④ **夕靄**：暮靄。

句

○ **家を出て行く**：離開家、離家出走。

○ **後を追う**：追趕。

鶴の恩返し

*鶴為什麼是吉祥的動物？

據説鶴一開始在日本是被稱為「たず」的，一直到平安時代以後才稱為「鶴」。中國自古便有「松鶴遐齡」的説法，是祝賀人像松樹與鶴一樣長壽的賀詞。而日本也有「鶴は千年、亀は万年」的諺語，這兩種動物都象徵著吉祥長壽的意思，所以很常用在為人祝壽的場合，而平時不小心説了不吉利的話，也會説「つるかめつるかめ」藉以「縁起直し」類似我們説：「呸呸！別亂説！」的感覺。

*一千隻紙鶴的願望

鶴是一夫一妻制的動物，總是出雙入對感情非常好的樣子，因此象徵著夫妻感情和睦在日本又稱「夫婦鶴」；當牠們聚在一起時會發出共鳴和諧的鳴叫，聲音可以傳得很遠，彷彿直達天聽，所以人們也很常將鶴與神佛、極樂世界聯想在一起。日本人相信摺一千隻紙鶴「千羽鶴」可以祈福、帶來好運也是一樣的概念，至於是不是非得剛好一千隻倒不一定，重點是數量要多。

舌切り雀

03

①舌②切り③雀

昔々、ある所に、心の④優しいお爺さんと⑤意地悪なお婆さんがいました。

心の優しいお爺さんは、一羽の雀を⑥飼っていました。

ある日、雀がお婆さんの煮ておいた⑦糊を全部食べてしまいました。お婆さんは⑧かんかんに怒って、⑨鋏で雀の舌を⑩ちょきんと切ってしまいました。雀はチュッチュッと鳴きながら山の方へ飛んで行ってしまいました。

仕事から帰ってきたお爺さんはお婆さんのこの話を聞くと「⑪なんと、⑫可哀想に……。」と言って、

字

① **舌**：舌頭。

② **切り**：由「切る」（動詞）轉變過來的名詞，切、剪之意。

③ **雀**：麻雀。

④ **優しい**：溫柔、和藹、和善。

⑤ **意地悪**：壞心眼。

⑥ **飼う**：飼養。

⑦ **糊**：漿糊、粉漿。

⑧ **かんかん**：發怒、發脾氣的樣子。

⑨ **鋏**：剪刀。

⑩ **ちょきんと**：剪刀闔上時所發出的聲音，咔嚓一聲。

04

剪舌麻雀

中 從前、從前，在某個遙遠的地方，有一個好心腸的老爺爺和一個壞心腸的老婆婆。

好心腸的老爺爺飼養著一隻麻雀。

有一天，那隻麻雀把老婆婆煮好的漿糊全部都給吃掉了。老婆婆非常生氣，就拿剪刀咔嚓地一聲把麻雀的舌頭給剪斷了。麻雀啾啾地一邊悲鳴著一邊往山裡飛去了。

老爺爺工作完回到家後，老婆婆把這件事告訴老爺爺。老爺爺聽到後說：「哎呀！真可憐……。」

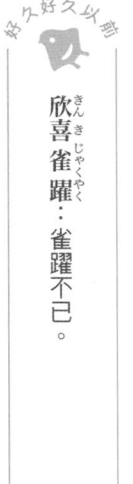

好久好久以前

欣喜雀躍（きんきじゃくやく）：雀躍不已。

⑪ **なんと**：感嘆詞，哎呀。

⑫ **可哀想**（かわいそう）：好可憐的樣子。

舌を切られた雀の事が①心配でなりませんでした。そして、雀を探してお詫びを言うことにしました。お爺さんは、山の中へ入って行きました。

「②おーい、おーい。雀よ雀、舌切り雀は、どこにいますか?」

雀たちは、お爺さんの声を聞くと、③竹藪から飛び出してきました。

「チュン、チュン、お爺さん、雀の④宿は⑤こっちですよ。」と、⑥案内してくれました。

竹藪の中に、雀の家がありました。

中 他非常擔心舌頭被剪掉的那隻麻雀。於是決定要去找那隻麻雀並向牠道歉，於是老爺爺便上山去了。

「喂！喂！麻雀啊麻雀、剪舌麻雀，你在哪兒呀？」

麻雀們聽到了老爺爺的叫喚，從竹林裡飛出來了。

「啾！啾！老爺爺啊，麻雀的家在這裡呢！」麻雀們領著老爺爺往麻雀的家走去。

老爺爺在竹林裡面發現了麻雀的家。

好久好久以前

すずめ百まで踊り忘れず：小時候就學會的事情，即使年紀增長也不會輕易忘記。

字

① **心配**（しんぱい）：擔心、掛念。
② **おい**：喂。
③ **竹藪**（たけやぶ）：竹叢、小竹林。
④ **宿**（やど）：房屋、家、旅館。
⑤ **こっち**：「こちら」的口語形，這邊。
⑥ **案内**（あんない）：引導、嚮導。

句

○ **～てならない**：～得不得了。
○ **お詫びを言う**：道歉。
○ **～にする**：決定做～。

お爺さんは舌を切られた雀を見ると、「本当に申し訳ないことをしてしまったなあ。どれ、舌は①大丈夫か？あっ、②よかった。これなら大丈夫だ、③許してくれ。」と言いました。雀の舌を見て、お爺さんは④ほっとしました。

「お爺さん、お⑤見舞いに来てくれたんですね。ありがとうございます。もう大丈夫ですよ。さあさあ、私たちの家で休んでいってください。」

そして、皆で雀踊りをしたり雀歌を歌ったりして、お爺さんに⑥ご馳走をたくさん出してくれました。

お爺さんは、⑦大喜びです。

字

① **大丈夫**：不要緊、沒關係。
② **よかった**：還好、幸好。
③ **許す**：饒恕、原諒。
④ **ほっと**：放心。
⑤ **見舞い**：慰問、探望。
⑥ **ご馳走**：盛宴、美食。
⑦ **大喜び**：非常高興。「喜び」，高興。

句

○ **申し訳ない**：非常抱歉、十分遺憾。
○ **～たり～たりする**：既～又～。

(中) 老爺爺一看到被剪了舌頭的麻雀便說：「發生了這樣的事我真的感到很抱歉，我看一下，舌頭不要緊嗎？啊！這樣子啊，幸好沒事了，看樣子應該沒大礙，請你多多見諒了。」老爺爺看了麻雀的舌頭後，鬆了一口氣。

「老爺爺，謝謝你來探望我。我已經沒事了。來吧來吧！在我們這裡休息一下吧！」

於是，麻雀們又跳麻雀舞、又唱麻雀歌的，還招待了老爺爺好多好吃的東西。

老爺爺非常開心。

「雀さんたち、今日はありがとう。それでは空が暗くならない①うちに、そろそろ失礼しなければ。」

お爺さんがお礼を言って家へ帰ろうとすると、雀はこう言いました。

「これは私たちからのお②土産です。大きい③葛籠と小さい葛籠がありますが、どちらでも好きな方をお選びください。でも、家に④着くまで決して蓋を開けてはいけませんよ。」

お爺さんは、「⑤わしは⑥年寄りだから、この小さい葛籠にするよ。」と言って、⑦担いで帰っていきました。

字

① **~うちに：**趁~的時間內。
② **土産：**特產、禮物。加「お」表示禮貌。
③ **葛籠：**衣箱、葛蔓編織而成的置衣箱。
④ **着く：**到達、抵達。
⑤ **わし：**年長男性的自稱。
⑥ **年寄り：**老人家。
⑦ **担ぐ：**用肩扛、用棒挑。

「麻雀們，今天真是太謝謝你們了。趁天色還沒變暗之前，我先告辭了。」

老爺爺道完謝想回家的時候，麻雀對老爺爺說：

「這是我們要送你的禮物，這兩個竹簍一大一小，哪一個都可以，請你選一個吧！但是，回到家之前千萬不能打開它喔！」

老爺爺說：「我是個老頭兒了，就選這個小的吧。」就將小竹簍扛回去了。

句

- **失礼しなければ**：原文為「失礼しなければならない」，必須告辭了。
- **お礼を言う**：道謝。
- **蓋を開ける**：打開蓋子。

さて、家に帰ってお婆さんと二人で雀たちのお土産を開けてみると、なんと中には①大判小判、②珊瑚に③宝石などの④金銀財宝がたくさん入っていたのです。

雀たちは心が優しいお爺さんに、皆でお礼の⑤贈り物をしたのです。

これを見たお婆さんは⑥羨ましくて、⑦早速同じ山の中へ⑧走って行きました。そして雀の家に、⑨無理矢理入ると、「ご馳走も踊りも歌も、要らない。すぐに帰るから、早くお土産を持ってきてくれ。」と言いました。

雀は「家までは決して蓋を開けてはいけませんよ」と言って、葛籠を⑩運んで来ました。

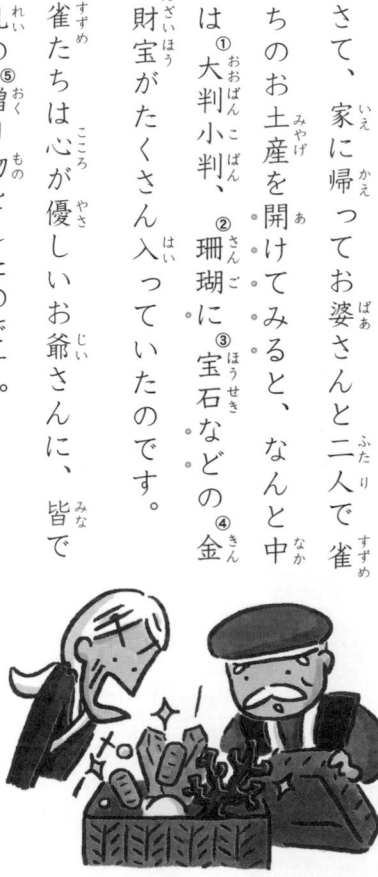

字

① **大判小判**：日本江戶時期的橢圓形大金幣、小金幣。
② **珊瑚**：珊瑚。
③ **宝石**：寶石。
④ **金銀財宝**：金銀財寶。
⑤ **贈り物**：禮物。
⑥ **羨ましい**：羨慕。
⑦ **早速**：立刻、馬上、趕緊。
⑧ **走る**：跑、奔跑。
⑨ **無理矢理**：硬、強迫。
⑩ **運ぶ**：搬運。

中 回到家後，老爺爺和老婆婆兩個人一起將麻雀們送的禮物打開一看，裡面竟然放了一大堆的大小金幣、珊瑚、寶石等的金銀財寶。

原來這就是麻雀們送給好心老爺爺的禮物。

老婆婆見了羨慕得不得了，馬上前往那座山。然後，硬闖入麻雀的家還說：「好吃的東西、唱歌、跳舞都不需要。我馬上就要回去了，趕快給我禮物！」

麻雀吩咐道：「到家前絕對不能打開蓋子喔。」說著便拿了竹簍來。

句

○**開**(あ)**けてみる**：打開看看。「～てみる」表示做～看看。

○**～に～など**：表示列舉多個。

「はい、大きい葛籠と小さい葛籠のどちらがいいですか。」

「大きい葛籠に決まっているだろう！」

お婆さんは急いで大きい葛籠を①背負って雀たちの家を出ていきました。

ところが大きい葛籠は大変重くて、少し歩くとすぐに休んだのですが、②一体どんな③お宝が入っているかと思うとその中を見たくて④堪らなくなりました。

「⑤どれ、何が入っているか、⑥覗いてみよう。」

お婆さんは⑦道端で葛籠を⑧下ろすと、中を開けてみました。

「きっと、たくさんの大判小判、珊瑚に宝石などの金銀財宝が入っているに違いないわ。……うん？ヒェー！」

字

① **背負う**：揹、背負。
② **一体**：到底。
③ **お宝**：寶物。
④ **堪る**：忍耐、忍受。
⑤ **どれ**：感嘆詞，哎、嘿。
⑥ **覗く**：窺視、偷看。
⑦ **道端**：路旁、道路旁邊。
⑧ **下ろす**：放下、取下。

句

○ **～に決まっている**：當然、肯定。
○ **～に違いない**：肯定是～、一定是～。

「好了。這裡有大竹簍和小竹簍，請問妳要選哪一個呢？」

「當然是大的啊！」

老婆婆急忙揹著大竹簍離開了麻雀的家。

可是大竹簍非常地重，她走了一下馬上就得休息。到底裡面放了什麼樣的寶物呢？老婆婆一想到這個就忍不住想偷看。

「嘿，裡面到底有什麼呢？偷看一下好了。」

老婆婆在路邊將大竹簍放下來，打開來一看。

「裡面一定放了很多的大小金幣、珊瑚、寶石等的金銀財寶。……嗯？呀——！」

何と、蛇や、①百足や、そして恐ろしい顔の②お化けたちが次から次へと出てくるではありませんか。

「ぎゃ、ぎゃぁぁ！たっ、助けてくれ！」

お婆さんは③大いに驚いて慌てて逃げていきました。

中 哎呀！蛇啦、蜈蚣啦、還有長得好恐怖的妖怪們，不斷地從箱子裡跑出來了！

「呀——啊——！救、救命啊！」

老婆婆受到極大的驚嚇，慌慌張張地逃走了。

字

① **百足**（むかで）：蜈蚣。

② **お化け**（ばけ）：妖怪、鬼怪。

③ **大いに**（おお）：很、甚、頗。

句

○ **次から次へと**（つぎ・つぎ）：一個接一個、陸陸續續地。

舌切り雀

＊漿糊「のり」可以吃嗎？

故事中的麻雀因為偷吃了「漿糊」而被剪掉舌頭，這個「漿糊」到底是什麼呢？

古代日本人會把米熬成黏稠糊狀，用來黏紙門、掛軸或畫作等，故事中的麻雀吃的就是這種澱粉漿糊。澱粉漿糊的沾附性很好，用來黏紙製品是再適合不過了，想要去除掉重新貼上別的花樣也很方便，只要加水沾濕就可以輕易取下。只不過到了科技發達各式黏著劑不斷推陳出新的現代，已經很少有日本人還有自己煮漿糊來黏東西的習慣。不過將衣物洗淨展平，用刷子沾上一層薄薄的漿糊曬乾，便可使布料硬挺的作法仍普遍存在。所以說「のり」是一種日本傳統文化的體現真是一點也不為過。

＊スズメ？

麻雀在日本稱為「スズメ」，「スズ」的諧音像「ささい」：小。而「スズ」也像是麻雀的叫聲。「メ」則有群聚的意思。聚在一起的小東西們就是麻雀，麻雀的日文是不是既貼切又有趣呢。

のり的製作方式

材料

麵粉 30g

糯米粉 50g

水 80cc

1 把水慢慢加進麵粉或糯米粉裡，然後攪勻。

2 用小火攪拌加熱，請避免沸騰燒焦，煮到滑順有黏性以後就完成囉！

注意！天然無添加物的漿糊保存期限最多兩個星期。

のり的各種使用方式

挺挺的衣服

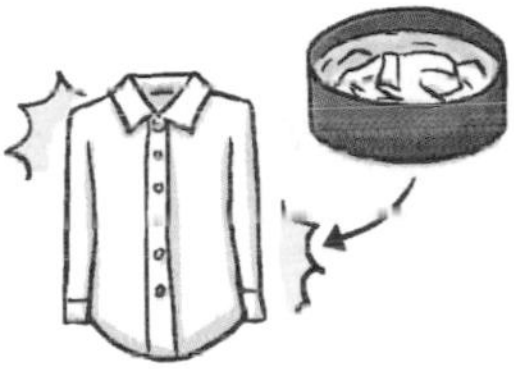

衣服上漿

把洗好的衣服用稀釋的漿糊浸泡後擰乾，用熨斗燙一燙，衣服就會像全新的一樣，又挺又好看喔。

離乳食

營養好吸收

十倍粥又叫作米糊，是寶寶開始要斷奶時吃的，因為既營養又好吸收，所以煮米糊給寶寶的習慣一直保留到現在。

黏紙窗

臘月糊窗戶

中國每年臘月的時後，家家戶戶都會幫窗子糊上新紙和窗花，除舊布新。

のり的製作方法簡單，用途也廣，真的是以前的主婦好幫手！但是市面上的のり幾乎都有加化學藥劑，所以千萬別拿來做以上的用途！

＊剪舌麻雀發源地

剪舌麻雀是明治時期的文學家——巖谷小波在群馬縣西南方磯部溫泉的旅館中寫下的作品，即使各地都有剪舌麻雀的傳聞，但因為巖谷小波曾在此地吟詩「竹の春　雀千代ふる　お宿かな」意為：此地才是剪舌麻雀的發源地啊。還在此添上了一隻摺紙，從此奠定了群馬縣磯部為發源地的可信度。

館內有家剪舌麻雀旅館，以及剪舌麻雀的神社，還擺放童話中出現的剪刀、竹簍等展示品，每天傍晚還有剪舌麻雀人偶劇的小劇場，讓人感覺彷彿置身於童話故事之中。

值得一提的是當地還是「溫泉記號」的發源地呢！說到溫泉記號大家應該不都陌生吧。此記號最一開始是江戶幕府為平定民眾爭奪土地糾紛，發布公告時所用的官方記號，磯部盛產溫泉後遂將它作為溫泉的記號。

花咲爺（はなさかじじい）

05

花咲爺①

昔々、ある所に、お爺さんが住んでいました。ある日、②畑を③耕していると隣の犬がお爺さんの所へ逃げてきました。

「どうか命を助けてください。私は殺されてしまいます。」犬はそう④哀願しました。

「どうしましたか。」

「今朝、主人の⑤大⑥好物を⑦誤って食べてしまったのです。」

そこへ隣のおじいさんが⑧鎌を持って⑨追いかけてきました。

「⑩こら、俺の好物を食べてしまった。逃げるな。殺してやる。」

字

① **花咲爺**：「花咲かせ爺」的縮寫。「咲かせる」是「咲く」的使役形，讓其開花之意。

② **畑**：田地。

③ **耕す**：耕作。

④ **哀願**：哀求、苦苦懇求。

⑤ **大**：十分、非常。

⑥ **好物**：喜歡吃的東西。

⑦ **誤る**：弄錯。

⑧ **鎌**：鐮刀。

⑨ **追いかける**：追、追趕。

⑩ **こら**：斥喝他人，喂。

06

撒花爺爺

中 從前從前，在某個遙遠的地方，住著一位老爺爺。有一天，老爺爺在田裡耕種的時候，看到隔壁鄰居的狗兒逃了過來。

「拜託救救我！我快要被殺掉了！」狗兒苦苦哀求。

「怎麼回事？」

「今天早上我不小心把主人最愛吃的食物吃掉了。」

不久，隔壁的老翁就拿著鎌刀追了過來。

「喂！竟敢把我最愛吃的東西給吃掉了。不要逃！我要殺了你。」

句

○命（いのち）を助（たす）ける：救命。

「ちょっと待ってください。①あまりにも可哀想ですよ。この犬を許してくださいませんか。……こうしましょう、私に一②文目で売ってもらえないでしょうか。」

「一文目か。③冗談じゃないよ。一④貫なら話は別だ。」

「それは高⑤すぎます。しかし、犬の命が助かるなら、⑥仕方がありません、⑦払いましょう。」

お爺さんは犬を「キチ」と⑧名付けて、とても⑨可愛がっていました。

句

○ **売ってもらえないでしょうか**：能賣給我嗎？是種有禮貌的問法。

○ **話は別だ**：另當別論。

字

① **あまりにも**：太、過於。

② **文目**：日本古錢的計量單位，錢一枚為一文。

③ **冗談**：笑話、開玩笑。

④ **貫**：日本古時錢的計量單位，一千文錢為一貫。

⑤ **すぎる**：「動詞連用形／形容動詞・形容詞語幹＋すぎる」表示太～、過於～。

⑥ **仕方**：辦法、方法。「仕方がない」為沒有辦法之意。

⑦ **払う**：付（錢）。

⑧ **名付ける**：取名、命名。

⑨ **可愛がる**：喜愛、疼愛。

「請等一下。這狗兒好可憐啊，能不能原諒牠呢？……這樣好了，我出一文錢，你就把這隻狗賣給我吧？」

「一文錢？你別開玩笑了。一貫錢的話，是可以談談看。」

「那太貴了吧！但是，如果可以救狗兒一命的話……沒辦法，我就付吧！」

老爺爺將狗兒取名為「犬吉」，非常疼愛牠。

ある日、お爺さんはキチと山へ出かけました。しばらく歩くと、キチが突然①吠え出しました。

「ワンワン、ここを②掘ってください、ワンワン。」

「③よしよし、ここを掘れと言っているか。掘ってみよう。」

「④おや！」⑤金貨が⑥ザクザクと出てきました。

「不思議な事だ。ありがとうよ、キチ。お前は本当に⑦めでたい犬なんだな。」

この話を聞くと、隣のお爺さんはキチを無理矢理同じ山に⑧連れて行きました。そして、キチを⑨殴って、ワンワンと吠えさせました。隣のお爺さんはすぐにそこを掘ってみると、⑩ごみばかりが出てきました。

字

①**吠え出す**：叫起來。

②**掘る**：挖、挖掘。

③**よし**：感嘆詞，表示「許可、制止、瞭解」的好、可以之意。

④**おや**：感嘆詞，唷、噢。

⑤**金貨**：金幣。

⑥**ザクザク**：擬聲詞，嘩啦嘩啦。

⑦**めでたい**：吉利、好運。

⑧**連れる**：帶、領往。

⑨**殴る**：毆打、揍。

⑩**ごみ**：垃圾。

句

○**ばかり**：只有、光、淨。

中 有一天，老爺爺和犬吉到山裡去。走了一會兒之後，犬吉突然叫起來。

「汪汪！請挖一下這裡，汪汪！」

「好！好！你是在說挖一下這裡嗎？那我就挖看看好了。」

「哇！」金幣竟然嘩啦嘩啦地跑了出來。

「真是不可思議！謝謝你啊，犬吉！你真是一隻會帶來好運的狗兒啊！」

聽到這件事之後，隔壁的老翁便硬拉著犬吉往同一座山裡去了。他還毆打犬吉，讓犬吉汪汪地叫。那壞心的老翁馬上在犬吉叫的地方挖了起來，但是挖到的只有垃圾而已。

「何だ、これは！」隣のお爺さんは①かっと怒ってキチを②叩き殺してしまいました。

お爺さんは、キチの③墓を建て、松の④苗木を植えました。翌日、お爺さんがキチの墓を見に行くと、⑤なんと、昨日植えたばかりの苗木がとても大きな松の木になっていました。お爺さんはこの木の枝で⑥臼を作りました。そして、その臼でキチにお⑦供えする⑧餅を⑨搗こうと思いました。

すると不思議な事に、臼の中の餅が金色に⑩輝き始めました。その輝く餅をきちんと⑪並べていくと、なんと一つ一つが金貨になりました。ところが、隣のお爺さんはこのことを聞いて、また無理矢理この臼を持っていってしまいました。自分の家で餅を搗いてみました。

字

① **かっと**：勃然大怒。
② **叩き殺す**：打死、揍死。
③ **墓**：墳墓。
④ **苗木**：樹苗。
⑤ **なんと**：不知何故、竟然。
⑥ **臼**：臼。
⑦ **供え**：供奉。
⑧ **餅**：年糕、麻糬。
⑨ **搗く**：搗、舂。
⑩ **輝き始める**：開始閃耀。
⑪ **並べる**：排列、排放。

中「什麼東西啊！這傢伙。」隔壁老翁勃然大怒，就把犬吉給打死了。

好心的老爺爺為犬吉立了個墳墓，還種了一株松樹苗。隔天，老爺爺到了犬吉的墳墓一看，昨天剛種下去的松樹苗竟然已經長成一棵大松樹了。於是，老爺爺用松樹的樹枝做了一個臼。想用這個臼來搗供奉犬吉用的年糕。

令人感到不可思議的是，臼裡面的年糕竟然開始發出金色的光芒。老爺爺將年糕一個一個擺放好之後，年糕竟然變成了一個個金幣。隔壁的老翁聽到這件事之後，又硬把臼給拿走，開始在自己家裡也搗起年糕了。

句

○**～たばかり**：「動詞た形＋ばかり」為「剛做完某動作」之意。

○**～てみる**：做～試試看。

「今度こそたくさんの金貨がもらえるぜ。よっしゃ！」と言いながら①ぺたんと餅を搗き始めました。

しかし出てくるのは②石塊ばかりで、金貨は出てきません。

「何だ、これは！」隣のお爺さんはまた腹が立って、臼を斧で③叩き割って、灰になるまで燃やしてしまいました。

④大切な臼を焼かれたお爺さんは、⑤せめて灰だけでもいいと思って、その灰を集めて⑥持ち帰ろうとしました。その時、突然強い風が吹きました。風に飛ばされた灰が⑦枯木に⑧かかりました。すると、綺麗な花が⑨一面に⑩咲きました。⑪ちょうどそこへ、お⑫殿様が⑬通りかかりました。

字

① **ぺたん**：咚咚（搗年糕的聲音）。
② **石塊**：石塊。
③ **叩き割る**：敲開、打破。
④ **大切な**：重要的、貴重的。
⑤ **せめて**：至少，哪怕……也好。
⑥ **持ち帰る**：帶回去。
⑦ **枯木**：枯木。
⑧ **かかる**：沾上、撲上。
⑨ **一面**：整片、滿。
⑩ **咲く**：開（花）。
⑪ **ちょうど**：剛好、正好。
⑫ **殿様**：官老爺、大人。
⑬ **通りかかる**：恰巧路過。

中

「這次一定可以得到很多金幣！太好了！」隔壁老翁一面說著一面咚咚地搗著年糕。

但是，搗出來的只有石頭，連個金幣都沒有。

「什麼東西啊！這傢伙。」隔壁老翁又生氣了，他用斧頭將臼劈碎，還把臼燒成了灰燼。

寶貝的臼被燒掉了，老爺爺覺得就算只有灰也好，想把灰燼裝起來帶回家去。這時候，突然吹來了一陣強風，臼的灰燼乘著這陣強風覆蓋到枯樹上。神奇的是灰燼一沾到枯樹竟然就開滿了美麗的花朵。當時正好有位大官路過此地。

句

○**腹**(はら)**が立**(た)**つ**：生氣、發怒。

○**風**(かぜ)**に飛**(と)**ばされる**：被風吹走。

「なんと、①見事な②光景だなあ」お殿様はとても喜んで、優しいお爺さんにたくさんのご③褒美を④与えました。

それを見ていた隣のお爺さんも空に灰を⑤無闇に⑥撒きました。その時、強い風も吹きました。すると、灰がお殿様の目に入って、隣のお爺さんは⑦牢屋に入れられてしまいました。

中 「真是美麗的情景啊！」大官非常高興，所以賜給好心腸的老爺爺很多的獎賞。

隔壁老翁看到那情形，也將灰燼胡亂地撒向天空。此時，刮起了一陣強風，竟將灰燼吹到大官的眼睛裡，隔壁老翁因此被打入大牢了。

字

① **見事**：非常漂亮、卓越、很棒。

② **光景**：景象、情景。

③ **褒美**：獎賞。

④ **与える**：給予。

⑤ **無闇**：胡亂、隨便、輕率。

⑥ **撒く**：撒、散布。

⑦ **牢屋**：牢獄、監獄。

花咲爺(はなさかじじい)

*櫻花之國

日本自古以來就很熱愛櫻花，早在豐臣秀吉的時代，就開始流行春天的時候在櫻花樹下設宴賞花，也就是現在常聽到的「花見(はなみ)」：賞花。當時是上流社會的風雅習慣，後來也演變成了庶民文化的一環。

到了明治初期，櫻花成了封建時代的象徵，慘遭大肆砍伐，其中很多珍貴的品種都滅絕了，直到後來軍國主義盛行，櫻花被視為軍人精神的象徵，各地的軍營與國小廣種櫻花，才又帶起了櫻花的另一波風潮。

*櫻花的傳說

櫻花雖美但花期短暫幾乎不結果，帶有短命婚姻的壞兆頭，所以江戶時代有不在櫻花季結婚的忌諱，隨著時代演進，這項習俗已經漸漸為人所淡忘，只存在古老文獻中。另外也有「桜(さくら)の根元(ねもと)には死体(したい)がある」（櫻花樹下埋著屍體）的說法。據說，櫻花樹的根吸取屍體的養分與死者的怨氣，進而開出又多又美的花朵，一般在日本看到的櫻花樹多半是在公園等「公共設施」的大範圍土地上栽種，較不會在自家庭院栽種櫻花樹的原因也是源於此。

*櫻花諺語・小知識

*花言葉：心の美しさ。（內在的美。）

*花開花落，入取通知：在使用電報的年代，大學入學通知的電報是以「サクラサク（桜咲く）」代表錄取，而「サクラチル（桜散る）」代表不錄取。

*左近の桜、右近の橘：左近櫻，右近橘。京都平安神宮的紫宸殿，左邊栽種櫻花樹，右邊栽種橘子樹。左近是指左近衛府，右近是右近衛府，皆是保護天皇的衛兵。至今日本女兒節的娃娃擺飾中，和神社寺廟掛的白色燈籠上所繪的圖騰也是左邊櫻花、右邊橘子。

---

*花は桜木、人は武士：櫻花開時絢爛美麗，就連凋謝時也從容不迫。武士也是如此，平時潔身自愛，大難來時為了保持節操，從容赴死。喻人要有像櫻花和武士一般的氣度。

*明日ありと思う心の仇桜：以為明天還是會在的櫻花，沒想到很快就凋謝了，比喻世事無常。（仇桜是一種很容易凋謝的櫻花，用來比喻無法預測的無常。）

*三日見ぬ間の桜：典故出自江戶時代的俳句，原指三天沒出門，櫻花竟然都開滿了。後來衍生為櫻花三天後就凋謝，被用來比喻世事變化快速。

*梅と桜を両手に持つ（両手に花がある）：被女生圍繞，左右逢源。

瘤取り爺さん

07

①瘤取り爺さん

昔々、ある村にあるお爺さんが住んでいました。右の②頬っぺたに瘤があります。それはとても大きくて③邪魔な瘤で、お爺さんが④薪を割る⑤度に⑥ゆらゆら、ゆらゆらと⑦震えます。でも、このお爺さんはそんな事に少しも気にしていません。なぜなら、彼は性格が明るくて、とても⑧呑気なお爺さんですから。

隣の村にもう一人のお爺さんが住んでいました。左の頬っぺたに大きな瘤があります。それもとても大きくて邪魔な瘤で、お爺さんが薪を割る度にゆらゆら、ゆらゆらと震えます。そのお爺さんは邪魔な瘤をとても気にしていて、いつも⑨イライラと怒ってばかりです。なぜなら、彼は性格が暗くて、とても⑩せっかちなお爺さんですから。

字

① **瘤**：瘤、腫瘤、瘤子。
② **頬っぺた**：臉頰。
③ **邪魔**：妨礙、干擾、累贅。
④ **薪**：薪柴。
⑤ **度に**：每次、每回。
⑥ **ゆらゆら**：晃動、搖晃。
⑦ **震える**：震動、顫動。
⑧ **呑気な**：悠閒、不拘小節、無憂無慮的。
⑨ **イライラ**：急躁、焦躁。
⑩ **せっかち**：性急、急性子。

08

瘤爺爺

中 從前從前，在某個村莊裡住著一位老爺爺。老爺爺的右臉頰長了一顆瘤子。那是一顆很大、很累贅的瘤子，每次砍柴的時候，那顆瘤子就會晃啊晃地顫動著。可是，老爺爺一點都不在意。為什麼呢？因為老爺爺個性非常開朗，是位無憂無慮的老爺爺。

隔壁的村落也住著一位老爺爺。那位老爺爺的左臉頰長了一顆瘤子。同樣也是一顆很大、很討厭的瘤子，每次在砍柴的時候，那顆瘤子都晃啊晃地顫動著。隔壁村落的老爺爺非常在意那顆令人不舒服的瘤子，總是焦躁地生著氣。為什麼呢？因為他是位急性子、個性又陰沈的老爺爺。

好久好久以前

自分(じぶん)の人生(じんせい)は自分次第(じぶんしだい)である。……人生會過得如何全由自己決定。

句

- **薪(まき)を割(わ)る**：劈柴、砍柴。
- **気(き)にする**：關心、介意、在意。
- **なぜなら（ば）～から**：為什麼呢……因為是……。

ある日、呑気なお爺さんが山へ①薪を取りに出かけました。突然雨が降ってきました。ある大きな木の下に②洞窟を見つけたので、そこに入って雨が③止むのを待っていました。疲れたお爺さんは、④なんとなく⑤うとうと眠ってしまいました。⑥すっかり雨は止み、夜になり月が出ても、呑気なお爺さんは⑦眠り続けました。

⑧真夜中、⑨わいわいと⑩騒ぐ声がするので、お爺さんは目を⑪覚ましました。

チン、チリン、ドンドン。

チン、チリン、ドンドン。

⑫賑やかなお⑬祭りの音が⑭聞こえます。

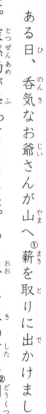

字

① **薪**：柴火、柴。
② **洞窟**：洞穴、山洞。
③ **止む**：停止、停息。
④ **なんとなく**：總覺得、不由得、無意中。
⑤ **うとうと**：睡意昏沈、迷迷糊糊。
⑥ **すっかり**：全、都、完全。
⑦ **眠り続ける**：持續沉睡。
⑧ **真夜中**：半夜、三更半夜、深夜。
⑨ **わいわい**：大聲嚷嚷。
⑩ **騒ぐ**：吵鬧、吵嚷。
⑪ **覚ます**：喚醒、弄醒、使清醒。

中 有一天無憂無慮的老爺爺上山去撿柴火。突然下起了雨，他在一株大樹下發現了一個洞穴，就進去裡面等待雨停。疲倦的老爺爺不由得昏昏沈沈地睡著了。就連雨已經完全停了，晚上月亮都出來了，溫和的老爺爺仍然繼續地沉睡著。

半夜，感覺到大聲吵鬧的聲音，老爺爺才醒了過來。

叮噹、叮叮噹噹、咚咚。

叮噹、叮叮噹噹、咚咚。

聽到了祭典熱鬧的祭祀聲。

句

○ **雨(あめ)が降(ふ)ってくる**：下起雨來。

○ **声(こえ)がする**：感覺到聲音、有聲音。

⑫ **賑(にぎ)やか**：繁盛、熱鬧。

⑬ **祭(まつ)り**：祭祀、廟會。

⑭ **聞(き)こえる**：聽得見、能聽到。

お爺さんは①こっそり木の後から②覗いてみると、赤③鬼、青鬼、黒鬼、白鬼、大きい鬼、小さい鬼……たくさんの鬼たちが

チン、チリン、ドンドン。

チン、チリン、ドンドン。

④メラメラ⑤燃え盛る火を⑥囲んで楽しそうに踊っています。

何と、この森の⑦奥に住む鬼たちが、酒を飲みながら、⑧うらじゃ、うらじゃと⑨輪になって歌い踊っていたのです。

お爺さんはびっくりして、最初怖くて震えていましたが、鬼たちが楽しんで歌ったり踊ったりしているのを見て、⑩だんだん楽しくなってきました。

字

① **こっそり**：悄悄地、偷偷地、躡手躡腳地。

② **覗く**：窺視、偷看。

③ **鬼**：鬼怪。

④ **メラメラ**：擬態語，火焰熊熊燃燒的樣子。

⑤ **燃え盛る**：火燒得很旺。

⑥ **囲む**：包圍、圍繞。

⑦ **奥**：內部、深處。

⑧ **うらじゃ**：鬼怪跳舞時的吶喊聲，在此譯為「嗚啦架」。

⑨ **輪**：圈圈。

⑩ **だんだん**：逐漸、漸漸。

中 老爺爺躡手躡腳地從樹木後面偷看，赤鬼、青鬼、黑鬼、白鬼、大鬼、小鬼等眾多鬼怪，圍著熊熊烈火，高興地跳著舞。

叮噹、叮叮噹噹、咚咚。

叮噹、叮叮噹噹、咚咚。

哎呀！原來是住在森林深處的鬼怪們，一面喝著酒一面嗚啦架嗚啦架地圍著圈圈唱歌跳舞。

老爺爺嚇了一跳，剛開始還怕得直發抖，但是看到鬼怪們盡興地又唱又跳的情景，也漸漸地愉悅了起來。

句

○～たり～たりする：既～又～。

○なってきた：變得～。

「①こりゃ、②面白い、③わしも④一緒に踊ろうか。」

お爺さんは⑤怖さを忘れて踊り出してしまいました。
⑥しかも、鬼たちの輪の中に入ってしまいました。
⑦今度、びっくりしたのは鬼たちです。突然、⑧人間が⑨割り込んできたのですから。でもお爺さんの踊りが⑩あまりに面白いので、
「ええぞー」

「⑪もっと踊れ！」と、鬼たちも大喜びです。

「これは、うまい踊りじゃの！」

「⑫やれやれ、人間にしては⑬大したものじゃ。一緒に踊ろう、一緒に飲もう。」

中「哎呀！真有趣。我也一起來跳吧！」

老爺爺忘了恐懼，逕自跳了起來。還忘我地跳進了鬼怪們的圈圈裡。

這一次，嚇了一跳的是那些鬼怪了。竟然有人類突然加入了！但老爺爺跳的舞實在太有趣了，

「好耶！」

「再多跳一些！」鬼怪們都非常高興。

「你跳得非常好嘛！」

「哎呀呀！以人類來說，你的舞跳得非常棒。來！一起跳舞、一起喝酒吧！」

字

① **こりゃ**：上對下的招呼語「喂」，或為驚訝時的「哎呀」。

② **面白い**：有趣、有意思。

③ **わし**：年長男性的自稱。

④ **一緒に**：一起。

⑤ **怖さ**：由形容詞「怖い」轉變過來的名詞，恐怖。

⑥ **しかも**：而且、並且。

⑦ **今度**：這一次、下一次，最近的一次。可視前後文判斷意義，在此為「這一次」之意。

⑧ **人間**：人類。

⑨ **割り込む**：擠進、硬加入。

⑩ **あまりに**：過於、太。

⑪ **もっと**：更、進一步。

⑫ **やれやれ**：感嘆詞，哎呀呀。

⑬ **大した**：驚人的、了不起的。

句

○ **～にしては**：以～來說。

調子に乗って、お爺さんが体が①くるくると②回すと、③わっと盛大な拍手が起こりました。

鬼たちもお爺さんと一緒になって楽しんで、時が経つのも忘れて踊り続けました。

夜が④明ける⑤頃、ある鬼がお爺さんに

「⑥いやはや、⑦実に踊りが上手じゃ。⑧また、来て踊れや。また明日の夜ここに来なさい。それまでお前さんの瘤を⑨預かっておく。」と言って、お爺さんの瘤を取ってしまいました。

お爺さんは⑩思わず頬を⑪触ってみました。すると、⑫傷も⑬痛みもなく、お爺さんの瘤はきれいに無くなりました。お爺さんの頬は⑭ツルツルになっていました。

字

① **くるくる**：一圈一圈地、滴溜溜地轉。
② **回す**：轉、轉動、旋轉。
③ **わっと**：哇地。
④ **明ける**：①天亮。②過年。③結束。在此為①的意思。
⑤ **頃**：時候。
⑥ **いやはや**：感嘆詞，驚奇之餘所發出的「啊呀」。
⑦ **実に**：實際上、實在、非常。
⑧ **また**：又、再。
⑨ **預かる**：代人收存、代人保管。
⑩ **思わず**：不由得、不自禁地。

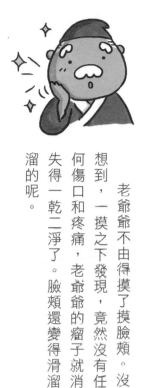

中 老爺爺得意地將身體滴溜溜地轉圈圈，「哇！」鬼怪們熱烈地鼓起掌來了。

於是鬼怪們和老爺爺一起快樂地跳舞，連時間都忘了，不停地跳著。

天快亮的時候，有個鬼怪和老爺爺說：

「哎呀！你舞跳得真是好！你可要再來跳舞啊！明天晚上再來吧！在那之前，你的瘤子就先放在我這保管好了。」說著就把老爺爺臉上的瘤子取了下來。

老爺爺不由得摸了摸臉頰。沒想到，一摸之下發現，竟然沒有任何傷口和疼痛，老爺爺的瘤子就消失得一乾二淨了。臉頰還變得滑溜溜的呢。

---

⑪ **触(さわ)る**：撫摸、觸摸。

⑫ **傷(きず)**：傷、傷口。

⑬ **痛(いた)み**：形容詞「痛(いた)い」轉變過來的名詞，疼痛。

⑭ **ツルツル**：滑溜、光滑。

句

○ **調子(ちょうし)に乗(の)る**：慣用語，趁勢、得意忘形。

○ **時(とき)が経(た)つ**：時間的流逝。

○ **～ておく**：前多加動詞連用形，表示①事先準備。②放置某狀態，任其持續下去。在此為②的意思，表示保管瘤子（一段時間）。

○ **無(な)くなる**：遺失、消失。

「おおっ、瘤がないぞ！瘤が①取れたぞ！」

お爺さんは思わず叫びました。お爺さんは大喜びして鬼たちと別れを告げました。

右の頬っぺたに瘤が無くなったお爺さんが村へ帰りました。②間もなく、隣の村に住む左の頬っぺたに瘤があるお爺さんが③走って来ました。そして、④羨ましくて聞きました。

「⑤おい、瘤はどうした？どうやって、瘤を取ったんだ？どうして無くなったんだ？」

瘤の無くなったお爺さんは、昨夜の事を話して聞かせました。

「えっ、森の鬼たちが瘤を取ってくれたんか？」

字

① **取れる**：脱落、消除、去掉。

② **間もなく**：不久、一會兒。

③ **走る**：跑、奔跑。

④ **羨ましい**：羨慕。

⑤ **おい**：喂、欸。

句

○ **別れを告げる**：道別。

○ **話して聞かせる**：說給別人聽。

中

「哇！瘤子不見了！瘤子消失了！」

老爺爺不自覺地驚呼了起來，他非常高興地和鬼怪們告別了。

老爺爺右臉頰的瘤子已經消失了，他回到了村落。不一會兒，隔壁村落左臉頰上面有瘤子的老爺爺跑了過來。他非常羨慕地問道：

「欸！你的瘤子怎麼了？怎麼弄掉的？瘤是怎麼不見的呢？」

被鬼怪們拔掉了瘤子的老爺爺便向他說了昨晚事情發生的經過。

「咦！森林裡的鬼怪們把它弄掉的？」

好久好久以前

欲のない者が得をし、欲張りが損をする。

：無欲而得，貪心招損。

性格(せいかく)が暗(くら)くて、とてもせっかちなお爺(じい)さんは、夜(よる)になるとすぐ森(もり)の奥(おく)へ向(む)かいました。呑気(のんき)なお爺(じい)さんの①真似(まね)をする②つもりです。

同(おな)じ大(おお)きな木(き)の下(した)の洞窟(どうくつ)に③潜(ひそ)んで鬼(おに)たちが出(で)るのを待(ま)っていました。真夜中(まよなか)になると、鬼(おに)たちのお④囃子(はやし)の音(おと)が聞(き)こえてきました。

チン、チリン、ドンドン。

チン、チリン、ドンドン。

「⑤よし、あそこで踊(おど)れば、鬼(おに)たちに瘤(こぶ)を取(と)ってもらえるのだ。」

お爺(じい)さんは鬼(おに)たちのところへ行(い)こうとしたが、鬼(おに)の怖(こわ)い顔(かお)を見(み)た途端(とたん)、足(あし)が震(ふる)えて歩(ある)けなくなりました。

字

① **真似(まね)**：模仿、仿傚。

② **つもり**：打算、意圖。

③ **潜(ひそ)む**：潛藏、潛伏。

④ **囃子(はやし)**：祭祀時的伴奏音樂。

⑤ **よし**：好、好吧。

句

○ **夜(よる)になると**：一到晚上就～。「になると」表示到了某狀況時就～。

○ **行(い)こうとする**：想去。

○ **～た途端(とたん)**：「動詞連用形＋た途端(とたん)」表示一……就……的意思。

中 個性陰沉、性情焦躁的老爺爺，天一黑馬上往森林的深處走去。他打算模仿善良的老爺爺。

他到了同一株大樹下面，埋伏在洞穴裡面等待鬼怪們的出現。到了半夜，總算聽到了鬼怪們祭典的音樂聲。

叮噹、叮叮噹噹、咚咚。

叮噹、叮叮噹噹、咚咚。

「好吧！在那裡跳個舞，就可以拿掉瘤子了。」

老爺爺想到鬼怪那邊去，可是，一看到鬼怪們可怕的臉孔，雙腳就不由得顫抖了起來，根本走不動。

「こっ、怖いなあ！怖い顔、怖いなあ。」

でも、①頑張って鬼たちの前で踊らないと、この邪魔な瘤は取ってもらえません。

「よし、瘤を取るためだ。片目を瞑って、怖い顔を見ないで、いや、見ないことにする。」

お爺さんは②思い切って、鬼たちの前に③ぱっと④飛び出しました。

すると鬼たちは、お爺さんを見て大喜びです。

「おっ、爺さん、来たか。待っていたぞ！」

「爺さん、今夜も楽しい踊りを⑤頼むぞ！一緒に楽しんで踊ろう。」

字

① **頑張る**：堅持、努力。

② **思い切る**：斷念、想開、大膽地。

③ **ぱっと**：突然地。

④ **飛び出す**：跳出來、跑出去。

⑤ **頼む**：請求、拜託。

句

○ **片目を瞑る**：睜一隻眼閉一隻眼。

「真、真恐怖啊！好恐怖的臉、好可怕啊！」

但是，如果不在鬼怪們面前跳舞的話，這個礙眼的瘤子就取不下來。

「好吧！為了取下瘤子。睜一隻眼閉一隻眼好了，不、乾脆都不要看好了。」

於是，老爺爺下定決心，突然「蹦」地出現在鬼怪們面前。

鬼怪們看到老爺爺後非常開心。

「喔！老爺爺，你來啦！等你好久囉！」

「老爺爺，今晚也請你跳一些快樂的舞蹈喔！一起快樂地跳舞吧！」

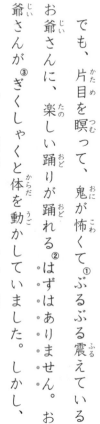

でも、片目を瞑って、鬼が怖くて①ぶるぶる震えているお爺さんに、楽しい踊りが踊れる②はずはありません。お爺さんが③ぎくしゃくと体を動かしていました。しかし、それはどう見ても面白くなくて④下手な踊りだった。

「何だ、あの下手な踊りは？」

「止めろ、止めろ、全然面白くない。」

「昨日のとは、違うぞ！」

鬼たちが⑤かんかん怒って、お爺さんに言いました。

「もういい、⑥帰れ、帰れ。帰ってくれ。さあ、⑦約束⑧通りこれを⑨返してやるから、⑩二度と来るな！」

字

① **ぶるぶる**：打哆嗦、發抖。
② **はず**：可能、應該。
③ **ぎくしゃくと**：不靈活、生硬。
④ **下手**：拙笨、不高明。
⑤ **かんかん**：大怒、大發脾氣。
⑥ **帰れ**：回去、滾。
⑦ **約束**：約定、約會（非男女朋友）。
⑧ **名詞＋通り**：表示按照～、依照～。
⑨ **返す**：歸還、送回。
⑩ **二度**：二次、再次。

中 但是，對於閉上一隻眼睛，又因為害怕而瑟瑟發抖的老爺爺來說，怎麼可能跳出快樂的舞步呢？老爺爺生硬地動了動身體。可是，怎麼看都是無趣且笨拙的舞蹈。

「那是什麼蠢舞！」

「停、停、停！一點都不好玩。」

「跟昨天跳的完全不同嘛！」

鬼怪們氣呼呼地發出怒吼。

「夠了！回去、回去！你可以滾了。

來、照約定這個還你，你不要再來了！」

句

○ **はずはない**：應該是不可能的。

○ **帰(かえ)ってくれ**：給我回去！比較粗魯的說法。

○ **返(かえ)してやる**：還給你。「てやる」有上對下的語感。

鬼（おに）たちは昨夜（さくやと）取った瘤（こぶ）をお爺（じい）さんの右（みぎ）[illegible]ぺたにパッと①くっつけてしまいました。こうして、②両方（りょうほう）の頬（ほお）に瘤（こぶ）が一（ひと）つずつになってしまったお爺（じい）さんは、③泣（な）きながら村（むら）に走（はし）って帰（かえ）りました。

中 鬼怪們把昨天晚上取下來的瘤子往老爺爺的右臉頰貼了上去。結果，壞脾氣的老爺爺臉頰兩邊都有瘤子了，於是他哭著跑回村裡去了。

字

①くっつける：貼上、黏上；使靠近、拉住。

②両方（りょうほう）：雙方、兩邊。

③泣（な）く：哭、哭泣。

句

○一（ひと）つずつ：各一個。

笠地蔵

09

①笠②地蔵

昔々、ある③雪深い所に、お爺さんとお婆さんが住んでいました。二人は④貧乏だけど、心の優しい人たちでした。

ある年の⑤暮れ、⑥このままでは⑦正月のお⑧餅も買えないということで、お爺さんとお婆さんは、手足が⑨凍えても、⑩我慢して笠を作って⑪町で⑫売ることにしました。

「⑬やっと、五つ⑭作り上げた。笠は五つもあるから、お正月のお餅⑮でも買えるだろう。」

「それじゃ、行ってくるよ。」

「行ってらっしゃい。寒いから、気をつけてくださいね。」

字

① **笠(かさ)**：斗笠、草帽。
② **地蔵(じぞう)**：地藏王菩薩。
③ **雪深(ゆきぶか)い**：多雪的、積雪很深的。
④ **貧乏(びんぼう)**：貧窮。
⑤ **暮(く)れ**：日暮、季末、歲末、年終。
⑥ **このまま**：照舊、始終如此。
⑦ **正月(しょうがつ)**：正月、一月、新年。
⑧ **餅(もち)**：年糕。
⑨ **凍(こご)える**：凍僵。
⑩ **我慢(がまん)する**：忍耐、忍受。
⑪ **町(まち)**：城鎮。
⑫ **売(う)る**：販售、賣。
⑬ **やっと**：好不容易、終於。

10

笠地藏

中 從前從前，在一個大雪紛飛的地方，住著一位老爺爺和老婆婆。他們雖然很貧窮，但心地非常善良。

某一年的歲末，連過年的年糕都沒有錢買，老爺爺和老婆婆即使手腳都凍僵了，也忍耐著做一些斗笠準備拿到鎮上去賣。

「終於好不容易做好五個。這些大概足夠買過年的年糕吧！」

「那我出門了！」

「慢走，早點回來！天氣很冷，要小心喔！」

⑭ 作(つく)り上(あ)げる：做好、完成。

⑮ でも：表示列舉、舉例。等等、之類的。

句

○ 行(い)ってくる：我出門了、去去就回。

○ 行(い)ってらっしゃい：您慢走。

①大晦日(おおみそか)の日(ひ)、雪(ゆき)の中(なか)をお爺(じい)さんは一人(ひとり)で町(まち)へ笠(かさ)を売(う)りに行(い)きました。②賑(にぎ)やかな大晦日(おおみそか)の町(まち)で③一日中(いちにちじゅう)「笠(かさ)は要(い)りませんか。」と叫(さけ)んで④売(う)り回(まわ)りましたが、誰(だれ)も笠(かさ)を買(か)ってくれませんでした。

「⑤おやおや、仕方(しかた)がないね、空(そら)が暗(くら)くならないうちに帰(かえ)ろうかね。」

中 除夕那一天下著雪，老爺爺一個人到城鎮上去賣斗笠。在熙熙攘攘的除夕街上喊著：「賣斗笠、有沒有人要買斗笠啊！」但是都沒有人要和老爺爺買斗笠。

「哎呀！沒辦法，趁天還沒黑之前回家去吧！」

字

① **大晦日(おおみそか)**：除夕、臘月三十。

② **賑(にぎ)やか**：繁盛、熱鬧。

③ **一日中(いちにちじゅう)**：整天。

④ **売(う)り回(まわ)る**：為了販賣而走來走去。

⑤ **おや**：感嘆詞，哎、唷。

句

○ **仕方(しかた)がない**：沒有辦法。

○ **～うちに**：趁～的時候。

お爺さんはお餅も買えなくて、①とうとう②諦めて家へ帰って行きました。

③帰り道、雪は④ますます⑤激しく降って来ました。お爺さんが⑥峠までやって来た時には、⑦すっかり⑧吹雪になりました。そこに、お地蔵様が七体立っていました。それは石で作られた⑨等身大のお地蔵様でした。お地蔵様は頭から足まで⑩すべて雪に⑪まみれていました。

「⑫やれやれ、これは、お地蔵様。こんな⑬酷い雪の中、さぞ⑭寒うございましょう。さあ、この笠で少しでも雪の寒さを⑮凌いでくださいませ。」

字

① **とうとう**：到底、終究。
② **諦める**：斷念、放棄。
③ **帰り道**：歸途。
④ **ますます**：愈發、愈來愈……。
⑤ **激しい**：強烈、劇烈。
⑥ **峠**：山頂、山巔。
⑦ **すっかり**：完全、全部。
⑧ **吹雪**：暴風雪。
⑨ **等身大**：和人同樣大小。
⑩ **すべて**：全、都、全部。
⑪ **まみれる**：沾滿全身。
⑫ **やれやれ**：感嘆詞，哎呀呀。
⑬ **酷い**：殘酷、酷烈、激烈。

⑭ **寒うございます**：是形容詞「寒い」的最禮貌用法。

⑮ **凌ぐ**：抵擋、抵禦。

中 老爺爺連年糕都買不起，最後只好放棄回家去了。

在回家的路上雪愈下愈大。老爺爺來到山頂時，儼然已經是暴風雪的狀態。那裡矗立著七座地藏王菩薩，是和人等身大的石造地藏王菩薩，而且從頭到腳都被雪給淹沒了。

「哎呀呀！地藏王菩薩！在這樣酷寒的大雪天裡，祢們一定很冷吧！來吧！用這些斗笠，多少可以為祢們擋擋大雪的寒冷。」

お爺さんはそう言って、お地蔵様に笠を①掛けてあげました。でも、②手持ちの笠は自らが使用しているものを含めても、一つ足りませんでした。

「一つ足りませんね。③困りましたね。そうだ、これは私の④手ぬぐいでございます。⑤汚いですが、これで我慢してくださいませ。」

⑥そこでお爺さんは、最後のお地蔵様には自分の手ぬぐいまでも⑦被せてあげて、何も持たずに帰りました。

中 老爺爺說著，就幫地藏王菩薩們戴上斗笠。可是，手邊有的斗笠，包含自己那一頂還不夠一個。

「還差一頂呢，真是傷腦筋。對了！這是我的布巾，雖然有些髒，但是就先忍耐一下吧！」

於是，老爺爺連自己的布巾都拿了下來，為最後的那一尊地藏王菩薩戴上，然後老爺爺就兩手空空地回家去了。

好久好久以前

他(ほか)の人(ひと)に情(なさ)けをかければ、自分(じぶん)にも返(かえ)ってくる。：對別人有同理心，自己也會獲得回報。

字

① **掛(か)ける**：掛、戴。
② **手持(ても)ち**：手上有的。
③ **困(こま)る**：為難、苦惱。
④ **手(て)ぬぐい**：手巾、布手巾。
⑤ **汚(きたな)い**：髒、骯髒。
⑥ **そこで**：於是、因此。
⑦ **被(かぶ)せる**：幫人蓋上、包上、戴上。

「お帰りなさい。①おや、笠と手ぬぐいは？お餅は？」

お爺さんはお地蔵様の話をお婆さんに②教えてやりました。

「まあ、それは本当に良いことをしましたね。こんな酷い雪の中、お地蔵様の役に立つなら、売るより③ずっと④ありがたいことです。お餅など、なくてもいいですよ。」

お婆さんは⑤却ってお爺さんを⑥褒めてあげました。大晦日の夜、夫婦二人は⑦質素な⑧食事だけをしました。しかし、二人とも満足そうに早くも眠りにつきました。

その夜の事です。遠くから不思議な歌声が聞こえてきました。

字

① **おや**：意外時，帶有疑問的感嘆詞。唷、噢、哎。

② **教える**：教導、告訴。

③ **ずっと**：比……還更……。

④ **ありがたい**：難得、可貴、值得感謝。

⑤ **却って**：反倒、反而。

⑥ **褒める**：誇獎、稱讚。

⑦ **質素**：樸素、儉樸。

⑧ **食事**：吃飯、用餐。

中 「你回來了。咦？斗笠和你的布巾呢？年糕呢？」

於是，老爺爺就把地藏王菩薩的事情告訴了老婆婆。

「喔！你真的做了一件好事呢！在那樣酷寒的風雪中，如果能幫得上地藏王菩薩的忙，那些斗笠比賣掉還有價值呢！至於年糕嘛，沒有也無所謂囉！」

老婆婆反而還稱讚了老爺爺。除夕夜夫婦兩個人只有非常樸素的飯菜可用。可是，兩個人都好像非常滿足似的早早就寢了。

那天晚上，從遠處傳來了不可思議的歌聲。

句

○ **お帰(かえ)りなさい**：你回來啦。
○ **~てやる**：為別人做~。文中為老爺爺「告訴」老婆婆。
○ **役(やく)に立(た)つ**：慣用語，有用、有效。
○ **~てあげる**：為別人做~。與「~てやる」同義但更有禮貌。
○ **眠(ねむ)りにつく**：入睡、就寢。

「親切な爺さんの家はどこかな？笠と手ぬぐいの①お礼を届けに来たぞ。」

「親切な爺さんの家はどこかな？笠と手ぬぐいのお礼を届けに来たぞ。」

声は②だんだん③近づいてきて、とうとうお爺さんとお婆さんの家の前まで来ました。

家の外で④ずしんと何か⑤重たい物が落ちたような音がしました。

正月の朝、お爺さんとお婆さんは戸を開けてみると、お餅や⑥ご馳走が山のように置いてあるのを見ました。

字

① **お礼（れい）**：回禮、謝禮。

② **だんだん**：漸漸地。

③ **近（ちか）づく**：接近、靠近。

④ **ずしん**：形容重物落下的聲音，咕咚。

⑤ **重（おも）たい**：沈重。

⑥ **ご馳走（ちそう）**：盛宴、美食。

句

① **置（お）いてある**：放在那裡。

中

「親切的老爺爺住在哪裡呢？送我們斗笠和布巾的老爺爺住在哪裡呢？我們送禮物來了喔！」

「親切的老爺爺住在哪裡呢？送我們斗笠和布巾的老爺爺住在哪裡呢？我們送禮物來了喔！」

聲音愈來愈靠近了，最後來到了老爺爺和老婆婆的家門前。

房屋外面「咕咚」一聲，好像有什麼沈重的東西掉下來。

大年初一的早晨，老爺爺和老婆婆一打開門，就看到了堆得像一座山那麼高的年糕和美味的食物。

笠地蔵（かさじぞう）

＊鏡餅（かがみもち）

故事中老爺爺過年想要買的もち是日本新年一定會出現的「鏡餅（かがみもち）」，鏡餅是用來祭祀年神的供品，據説年神會附身在鏡餅上。一般會把鏡餅擺設在家中的佛壇、玄關、客廳等較多人聚集的地方，在古代「食」、「火」都是非常重要的東西，所以也可以放在廚房。下面介紹的是鏡餅的基本結構，每個地區會依地方的習俗而將鏡餅做成各式各樣不同的變化。

＊鏡餅的基本組成

鏡餅（かがみもち）：鏡餅之形來自於古代銅鏡，照鏡可正衣冠，有以此為借鏡之意。而鏡圓也象徵圓滿，鏡餅一般堆疊兩到三個，象徵福德不斷接踵而來，因此成為過年時的吉祥物。

❶**末広（すえひろ）**：扇子。意思是開枝散葉、子孫綿延。

❷**海老（えび）**：蝦子。蝦子背彎曲如老人，象徵長壽，也意指夫妻白頭偕老，而蝦子蛻皮成長也象徵生命的成長與蛻變。

❸**橙（だいだい）**：苦橙。取「代々栄える（だいだいさか）」世代繁榮之意。

❹**ユズリハ**：讓葉。交讓木的葉子。交讓木必先長出新葉後，老葉才會漸漸凋零，就像一種世代交接的儀式，枝繁葉茂象徵家族開枝散葉連綿不絕。

鏡餅（かがみもち）
福德不斷

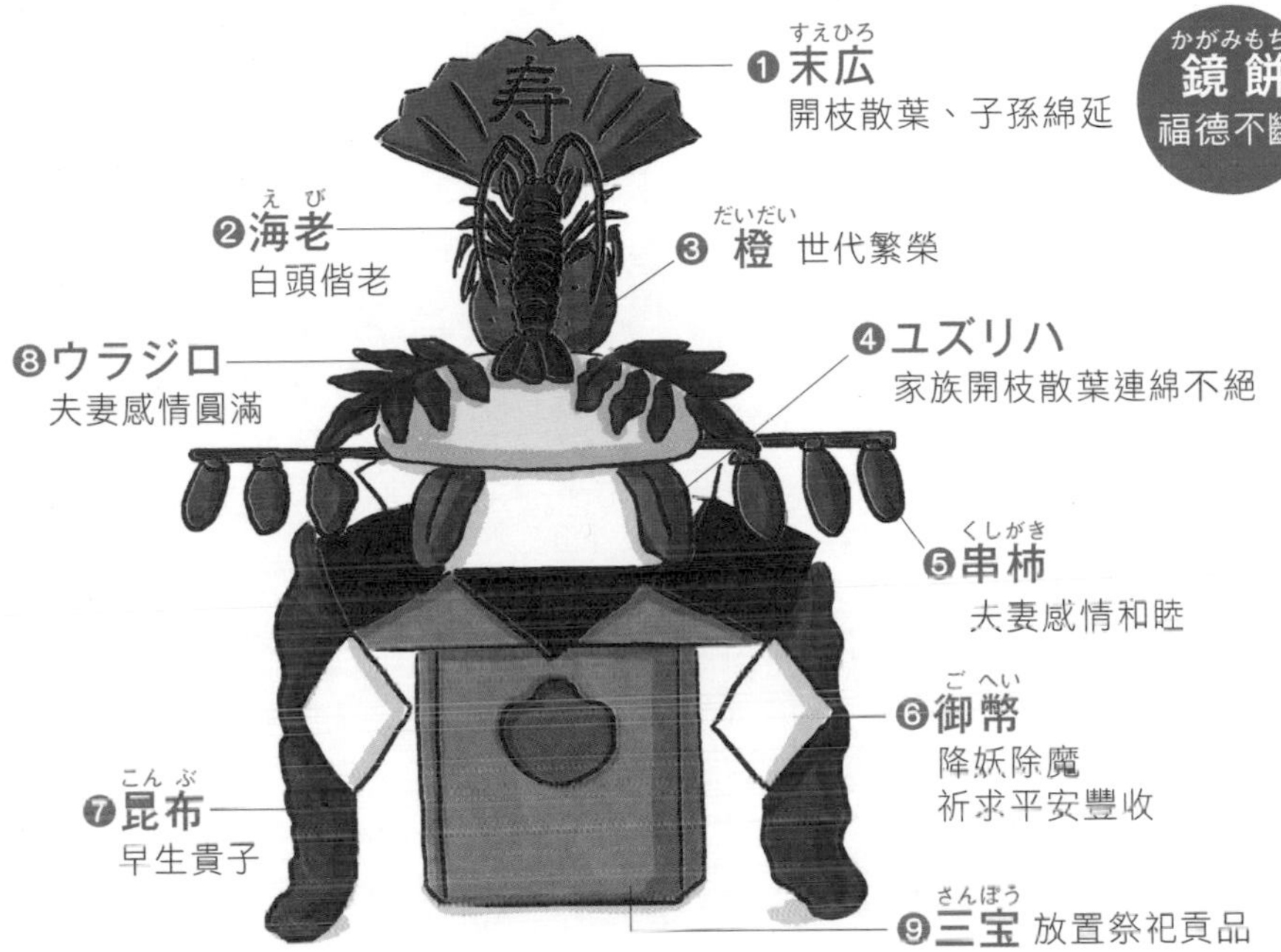

❺**串柿**（くしがき）：柿子串。將柿子乾十個一串放在鏡餅上。象徵「いつもニコニコ仲睦（なかむつ）まじく」夫妻感情長久和睦之意。

❻**御幣**（ごへい）：是一種懸掛於竹子或木條上的紙條，多垂掛著兩條或雙數條，御幣主要供奉於神明前，用以降妖除魔、祈求平安豐收。

❼**昆布**（こんぶ）：音近於「喜（よろこ）ぶ」（喜悅）。昆布生長速度快，繁殖力驚人，因此也常用來祝福人早生貴子。

❽**ウラジロ**：漢字為「裏白（うらじろ）」內側（沒人看到的地方）色白，象徵內心潔白無瑕。又名「歯朶（しだ）」，「歯（し）」是白髮老人，「朶（だ）」是「枝（えだ）」樹枝，「歯（し）朶（だ）」有祝賀人長壽之意。ウラジロ枝繁葉茂，葉子生長雙雙對對，因此也有祝福夫妻感情圓滿之意。

❾**三宝**（さんぼう）：放鏡餅的四方形小台子，其中的三側有孔，音同「三方（さんぼう）」，佛教中用來放置供品或是呈貢給上位者用。

一般認為在十二月二十八日（明治維新前為農曆十二月二十八）開始供奉鏡餅是最適當的，除了「八」在傳統上是較好的數字外，在之後的日子中，二十九日的「九（く）」與「苦（く）」同音，日本人認為不吉利，而三十日是農曆中的最後一日，三十一日則為新曆的最後一日，若在此時擺放，會變成「一夜飾り（いちやかざり）」或所謂的「一夜餅（ひとよもち）」，會讓人覺得欠缺誠意或聯想到葬禮的擺飾，所以一般都在二十八日開始供奉鏡餅。

另外，習俗上會在新年的一月十一日（明治維新前為農曆正月十一）進行開鏡餅「鏡開き（かがみびらき）」（「割り（わ）」這個字忌諱使用）的儀式。這儀式最初是在元宵節至正月二十日期間進行，後來因為德川家光於四月二十日逝世，關東地區就把每月的二十日視為忌日，於是把開鏡餅儀式改為正月十一。現在則在新曆一月七日至一月十一日進行，其他地方則在一月二十日。而京都則於一月四日（正月初四）。一般都會以木槌將鏡餅給槌開，並佐汁粉享用。

桃太郎（ももたろう）

11

①桃②太郎

昔々、ある所に、お爺さんとお婆さんが住んでいました。心優しい二人には③子供が一人もいませんでした。ある日、お爺さんは山へ④柴刈りに、お婆さんは川へ⑤洗濯に行きました。すると、⑥川上から⑦ドンブラコ、ドンブラコと大きな桃が流れて来ました。

「なんと⑧立派な桃だろう！家に持って帰ろう。」とお婆さんは大きな桃を⑨拾い上げて、⑩背中に⑪担いで帰って行きました。

しばらく・・・・・・すると、お爺さんも山から柴を⑫背負って家に帰りました。

字

① **桃**：桃、桃子。

② **太郎**：太郎。日本男子姓名，「太郎」通常為長男，二男為「次郎」，三男則為「三郎」。

③ **子供**：孩子、兒童。

④ **柴刈り**：砍柴。

⑤ **洗濯**：洗衣服。

⑥ **川上**：河川上游。

⑦ **ドンブラコ**：水流戴物的聲音，咚噗咚噗。

⑧ **立派**：華麗、壯麗、出色。

⑨ **拾い上げる**：拾起、撿起。

⑩ **背中**：背、背脊。

⑪ **担ぐ**：用肩扛、用棒挑、用背揹。

12

桃太郎

中 從前從前，在某個遙遠的地方，住著一位老爺爺和老婆婆。兩個人都非常善良，但是卻一直都沒有生孩子。有一天，老爺爺到山裡砍柴，老婆婆到河邊洗衣服時，突然看到一顆從上游噗咚噗咚流下來的大桃子。

「哇！真是一顆漂亮的大桃子！把它帶回家去吧！」老婆婆從河流裡面拾起了那顆大桃子，揹回家去了。

不一會兒，老爺爺也從山上揹著柴火回到家裡來了。

句

⑫ **背負う（せおう）**：揹、背負。

○**しばらくすると**：不久、片刻、一會兒。

「おや、これは何だ？①偉い桃だね。大きくて美味しそうだね。」

お爺さんとお婆さんは桃を食べようと思って、②包丁で桃を切ってみました。その時、③奇跡が起こりました。なんと、桃は④ぽんと二つに⑤割れました。そして、「⑥オギャー、オギャー」と声をあげながら、一人の⑦元気な男の⑧赤ちゃんが⑨飛び出してきました。お爺さんもお婆さんも驚きました。

「この子はきっと、⑩菩薩様が⑪授けてくれたのに違いない。」

「そうだ。⑫きっとそうだ。南無観世音菩薩。」

桃の中から生まれた子だというので、桃太郎と⑬名付けて⑭大切に⑮育てました。

字

① **偉い**：偉大、壯大。

② **包丁**：菜刀。

③ **奇跡**：奇蹟。

④ **ぽんと**：「砰」地一聲。

⑤ **割れる**：分裂、裂開。

⑥ **オギャー**：嬰兒哭泣聲。

⑦ **元気**：精力充沛、健康。

⑧ **赤ちゃん**：嬰兒。

⑨ **飛び出す**：跑出、飛出。

⑩ **菩薩様**：菩薩。

⑪ **授ける**：①授予、賜予。②傳授、教導。在此為①的意思。

⑫ **きっと**：一定、肯定。

中 「哇！這是什麼？這麼大的一顆桃子。看起來好像很好吃的樣子。」

老爺爺和老婆婆想要吃那顆桃子，所以就試著用菜刀在桃子上劃了一刀。這時候，奇蹟發生了！桃子竟然「砰」地一聲裂成兩半，在哇哇的哭聲中呱呱墜地的是一個健健康康的小男嬰。老爺爺和老婆婆嚇了一跳。

「這孩子肯定是菩薩賜給我們的。」

「是的，一定是那樣子的。南無觀世音菩薩。」

因為小男嬰是從桃子裡面蹦出來的，所以就將他取名為「桃太郎」，老爺爺和老婆婆非常珍惜地疼愛著他。

⑬ **名付ける**：取名、命名。
⑭ **大切**：重要、珍重。
⑮ **育てる**：培育、撫育。

句

○ **奇跡が起こる**：奇蹟發生。
○ **～に違いない**：沒有錯。

桃太郎は①あっという間に成長し、②力強い男の子になりました。家事も③畑仕事も④よく⑤手伝うし、⑥親孝行もする優しい男の子になりました。力強いといえば、⑦実はその時、⑧日本中で、桃太郎ほど力強い人はいないようでした。

ある日、桃太郎は二人に言いました。

「⑨父上様、⑩母上様、⑪近頃悪い鬼がよく国に来て、いろいろな⑫悪さをやっています。食糧や金銭を盗んだり、家屋に火をつけたりしています。皆が困っているので、僕は⑬鬼退治をしようと思っています。⑭鬼ケ島に行ってきます。」

「それは願ってもないことだ。⑮相手は鬼だから、⑯油断大敵だよ。」

字

① **あっという間**：慣用語，一眨眼的功夫，比喻時間如發出「啊」地一聲那麼短暫。

② **力強い**：力氣很大的。

③ **畑仕事**：田務勞動。

④ **よく**：常常。

⑤ **手伝う**：幫忙、幫助。

⑥ **親孝行**：孝順。

⑦ **実は**：實際上。

⑧ **日本中**：整個日本。

⑨ **父上様**：父親大人，日本古時對父親的尊稱。

⑩ **母上様**：母親大人，日本古時對母親的尊稱。

中 桃太郎一眨眼就長大成了一位力大無窮的男孩子了。他經常幫忙做家事，也會幫忙田裡的工作，是一位孝順且溫和的男孩子。說到力大無窮，事實上在當時的日本，好像沒有人的力量強得過他呢！

有一天，桃太郎對老爺爺和老婆婆說道：

「父親大人、母親大人，最近那些鬼怪常常來這邊作亂。偷糧食、偷錢、又放火的。大家都覺得非常困擾。我要趕走那些鬼怪，我要去一趟鬼島。」

「我們也很支持你去，但是對方是鬼，你千萬不可大意啊！」

⑪ **近頃**（ちかごろ）：近來、最近。

⑫ **悪さ**（わる）：形容詞「悪い（わる）」轉變過來的名詞，「可惡、壞事」之意。

⑬ **鬼退治**（おにたいじ）：「退治（たいじ）」為「懲辦、撲滅」之意，「鬼退治（おにたいじ）」為打退鬼怪之意。

⑭ **鬼ケ島**（おにがしま）：鬼島、魔鬼島。

⑮ **相手**（あいて）：對手、敵方。

⑯ **油断大敵**（ゆだんたいてき）：粗心大意是最大的敵人，喻人千萬不可大意。

句

○ **ほど～ない**：「ほど」表程度，「ほど～ない」表示沒有某種程度。

○ **～たり～たりする**：既～又～。

○ **しようと思って（おも）いる**：想去做某事。

○ **願って（ねが）もない**：求之不得、難能可貴。

お爺(じい)さんはそう言(い)って、「①日本一(にっぽんいち)」と書(か)いた②勇(いさ)ましい③幟(のぼり)を作(つく)りました。

「そうね。④くれぐれも気(き)をつけてくださいね。」

お婆(ばあ)さんはそう言(い)って、日本一(にっぽんいち)美味(おい)しい⑤吉備(きび)団子(だんご)を作(つく)りました。

「それでは、⑥ご機嫌(きげん)よう。行(い)って参(まい)ります。」

桃太郎(ももたろう)は幟(のぼり)と団子(だんご)を持(も)って、すぐ鬼ヶ島(おにがしま)へ向(む)けて⑦旅立(たびだ)ちました。

鬼ヶ島(おにがしま)へ行(い)く途中(とちゅう)、桃太郎(ももたろう)は犬(いぬ)に⑧出会(であ)いました。

「ワンワン、桃太郎(ももたろう)さん、お腰(こし)に付(つ)けた物(もの)は何(なん)ですか。」

「日本一(にっぽんいち)美味(おい)しい吉備団子(きびだんご)ですよ。」

字

① **日本一(にっぽんいち)**：日本第一、全日本第一。

② **勇(いさ)ましい**：勇敢、勇猛。

③ **幟(のぼり)**：旗子、旗幟。

④ **くれぐれ**：常與「も」連用，周到、仔細，殷切地請對方小心之意。

⑤ **吉備団子(きびだんご)**：吉備糰子為日本岡山縣（古時稱為吉備國）的土產。由糯米粉製成，依商家或地區不同，有些會摻入「黍(きび)」（黍米）。

⑥ **ご機嫌(きげん)よう**：離別時祝對方身體健康、安好的招呼詞。

⑦ **旅立(たびだ)つ**：出發、起程。

⑧ **出会(であ)う**：遇見、碰到。

中 老爺爺說著，就替桃太郎做了一個象徵勇氣的旗子，上面還寫著「日本第一」。

「那麼你可千萬要小心啊！」

老婆婆替桃太郎做了全日本最好吃的吉備團子。

「那麼，爸媽請多保重。我這就出發了。」

桃太郎帶著旗幟和糯米糰子，往鬼島出發了。

在往鬼島的路途中，桃太郎遇到了「狗」。

「汪、汪！桃太郎，繫在你腰上的是什麼東西呢？」

「是全日本最好吃的吉備糰子喔！」

句

○**行って参ります**：我出發了、我出門了。「行って来る」的禮貌說法。

「どこへ行きますか。」

「鬼ヶ島へ行きますよ。悪い鬼を①やっつけようと思っています。」

「お腰に付けた吉備団子を一つ私にくださいませんか。一つくれれば、お手伝いしますよ。お供もしますよ。桃太郎さんの命令にも②従いますよ。」

「はい、③喜んであげます。」犬は一つ吉備団子をもらい、桃太郎の④家来になりました。

森に入ると、今度は⑤猿に出会いました。

「⑥キーキー、桃太郎さん、お腰に付けた物は何ですか」

「日本一美味しい吉備団子ですよ。」

字

① **やっつける**：狠狠地教訓一頓、收拾。

② **従う**：服從、聽從、遵照。

③ **喜ぶ**：①喜悅、歡喜。②欣然接受。在此為②的意思。

④ **家来**：家臣、僕人。

⑤ **猿**：猴子。

⑥ **キー**：形容猴子的吱吱叫聲。

句

○ **くださいませんか**：可以嗎？詢問對方的禮貌說法。

○ **お供をする**：陪同、跟隨。

中

「你要去哪裡呢？」

「我要去鬼島，要去狠狠地教訓一下惡鬼壞蛋們！」

「你腰上的吉備團子，能分我一個嗎？分一個給我的話，我可以幫你的忙，陪你一起去，並且聽憑差遣喔。」

「好啊！我很樂意呢！」狗接受了一個吉備團子後，便成為桃太郎的家臣。

他們進入了森林，而這一次遇到了「猴子」。

「吱、吱！桃太郎，繫在你腰上的是什麼東西呢？」

「是全日本最好吃的吉備團子喔！」

「どこへ行きますか。」

「鬼ケ島へ行きますよ。悪い鬼をやっつけようと思っています。」

「お腰に付けた吉備団子を一つ私にくださいませんか。一つくれれば、お手伝いしますよ。お供もしますよ。桃太郎さんの命令に従いますよ。」

「はい、喜んであげます。」猿も一つ吉備団子をもらい、桃太郎の家来になりました。

草原に①進めば、②雉に出会いました。

「③ケンケーン、桃太郎さん、お腰に付けた物は何ですか。」

「日本一美味しい吉備団子ですよ。」

字

① **進める**：前進、向前移動。

② **雉**：雉、山雉。

③ **ケン**：形容山雉的叫聲。

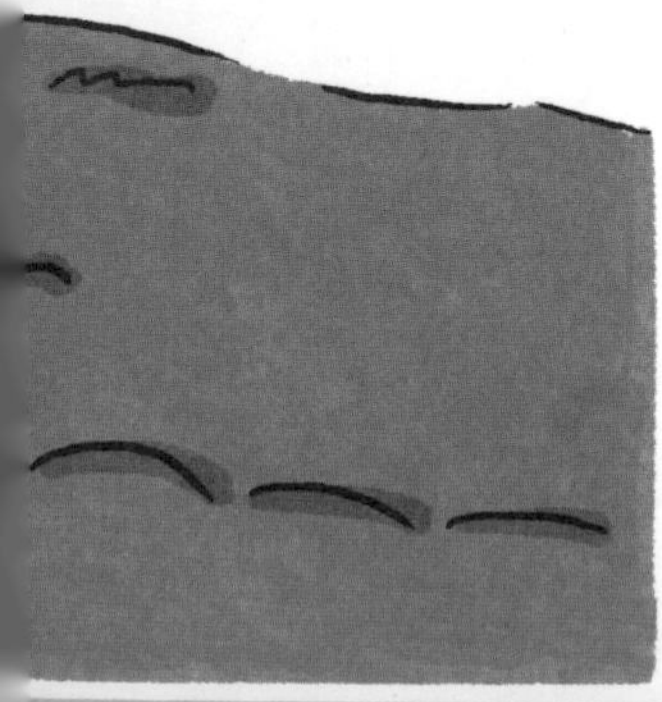

中

「你要去哪裡呢？」

「我要去鬼島，要去狠狠地教訓一下惡鬼壞蛋們！」

「你腰上的吉備團子，能分我一個嗎？分一個給我的話，我就幫你的忙，陪你一起去，並且聽你的差遣喔。」

「好啊！我很樂意呢！」猴子接受了一個吉備團子後，也成了桃太郎的家臣了。

他們往前進入了草原後，遇見了山雉。

「咕——咕！桃太郎，繫在你腰上的是什麼東西呢？」

「是全日本最好吃的吉備團子喔！」

「どこへ行きますか。」

「鬼ヶ島へ行きますよ。悪い鬼をやっつけようと思っています。」

「お腰に付けた吉備団子を一つ私にくださいませんか。一つくれれば、お手伝いしますよ。お供もしますよ。桃太郎さんの命令に従いますよ。」

「はい、喜んであげます。」雉も一つ吉備団子をもらい、桃太郎の家来になりました。

桃太郎たちは日本一の吉備団子を食べて、①いよいよ②勇み立って、鬼ヶ島を③目指して船に④乗り込みました。

字

① **いよいよ**：愈發、愈來愈。

② **勇み立つ**：振奮、鼓舞。

③ **目指す**：以……目標（目的）。

④ **乗り込む**：乘上、坐進。

中

「你要去哪裡呢？」

「我要去鬼島，要去狠狠地教訓一下惡鬼壞蛋們！」

「你腰上的吉備團子，能分我一個嗎？分一個給我的話，我可以幫你的忙，陪你一起去，並且聽憑差遣喔。」

「好啊！我很樂意呢！」山雉接受了一個吉備團子後，也成為桃太郎的家臣。

桃太郎一行人吃了日本第一的吉備團子後，愈發地振奮起來，他們以鬼島為目標，坐上了船。

「僕は、①漕ぐのが②得意だから、③漕ぎ手になりましょう。」そう言って、犬は船を④漕ぎ出しました。

「僕は、舵を取るのに熟練しているから、舵取りになりましょう。」こう言って、猿が舵を取りました。

「僕は目がいいから、⑤物見番を⑥務めましょう。」そう言って、雉は物見番になりました。

船出して、しばらくすると鬼ヶ島が見えてきました。

「ワンワン、あれが鬼ヶ島に違いません。」犬が吠えました。

「キーキー、鬼達の城も見えてきました。」猿が叫びました。

「ケンケーン、飛んでいって見てきます。」雉が鳴きました。

中「我擅長划船，我來當划船的吧！」狗說著就開始划起船了。

「我對於掌舵很熟，讓我來當掌舵的吧！」猴子說著，便掌起舵來了。

「我的眼睛好，讓我來偵察吧！」山雉說著，就負起偵察任務了。

船隻出海沒多久，便看到鬼島了。

「汪、汪！那肯定是鬼島。」狗吠叫著。

「嘰、嘰！看到惡鬼的城堡了。」猴子喊叫著。

「咕、咕！我飛去看一下！」山雉，鳴叫著說道。

字

① **漕ぐ**：踩、踏、划。
② **得意**：拿手、擅長。
③ **漕ぎ手**：划船的人。
④ **漕ぎ出す**：開始划、划出去。
⑤ **物見番**：負責瞭望、偵察狀況的人。
⑥ **務める**：擔任。

句

○ **舵を取る**：掌舵。

鬼ケ島(おにがしま)に①着(つ)くと、お城(しろ)からたくさんの鬼(おに)が出(で)てきました。桃太郎(ももたろう)は勇(いさ)ましく②千軍万馬(せんぐんばんば)の間(かん)を③往来(おうらい)し、大(おお)きな④刀(かたな)を⑤振(ふ)り回(まわ)して⑥大暴(おおあば)れし、あっという間(ま)に敵(てき)を⑦一掃(いっそう)しました。それから、鬼(おに)の⑧親分(おやぶん)が大(おお)きな⑨金棒(かなぼう)を⑩振(ふ)りながら、出(で)てきました。

それは人身(じんしん)に牛(うし)の角(つの)を⑪二本(にほん)持(も)ち、虎(とら)の⑫牙(きば)を長(なが)く⑬剥(む)き出(だ)し、裸(はだか)で虎(とら)の皮(かわ)の⑭ふんどしを⑮締(し)めた⑯身長(しんちょう)三メートル以上(いじょう)ある怖(こわ)い鬼(おに)です。

字

① **着(つ)く**：到達、抵達。

② **千軍万馬(せんぐんばんば)の間(かん)**：千軍萬馬之間。

③ **往来(おうらい)**：往來、來回。

④ **刀(かたな)**：刀子。

⑤ **振(ふ)り回(まわ)す**：揮舞、掄起。

⑥ **大暴(おおあば)れする**：橫衝直闖。

⑦ **一掃(いっそう)する**：肅清、掃淨。

⑧ **親分(おやぶん)**：頭目、首領。

⑨ **金棒(かなぼう)**：鐵棒。「鬼(おに)に金棒(かなぼう)」為慣用語，惡猛的鬼怪加上鐵棒，表示如虎添翼。

⑩ **振(ふ)る**：揮、搖。

⑪ **二本(にほん)**：二隻、二根。

⑫ **牙(きば)**：獠牙。

⑬ **剥(む)き出(だ)す**：(牙齒)跑出來、冒出來。

⑭ **ふんどし**：兜襠布。

⑮ **締(し)める**：綁著、繫著。

⑯ **身長(しんちょう)**：身高。

句

○ **ながら**：「動詞連用形＋ながら」表示一邊～一邊～。

中 他們一抵達鬼島，城堡裡面就跑出眾多的鬼怪。桃太郎勇猛地穿梭於千軍萬馬之間，拿起大刀衝鋒陷陣，一眨眼之間便肅清敵人了。之後，只見鬼怪的首領揮舞著大狼牙棒殺了出來。

那是個人類身體，頭上長了兩根牛角，有著長長的虎獠牙、身裹虎皮兜，身高超過三公尺的恐怖怪獸。

「①こら、②生意気な③小僧。④承知しないぞ。」

「あなたが⑤親方ですか。」と言って、桃太郎は⑥素早く鬼の頭に⑦飛び乗りました。

「降りてこい。⑧俺様が⑨懲らしめてやる。」鬼の親分が金棒を振り回しながら大声で⑩怒号しました。

ちょうどその時、犬は鬼のお⑪尻を⑫ぐっと⑬齧って、猿は鬼の脇下を⑭引っ掻いて、雉は鬼の目を⑮ぱっと⑯突きました。

「痛っ！」鬼は叫んだ。

桃太郎は鬼の頭を⑰何度も⑱殴って、角一本まで⑲折りました。

字

① **こら**：斥喝他人，喂。
② **生意気**：傲慢、狂妄。
③ **小僧**：小傢伙、毛孩子。
④ **承知**：同意、贊成；原諒、饒恕。
⑤ **親方**：頭頭、頭目。
⑥ **素早い**：快速、敏捷、俐落。
⑦ **飛び乗る**：躍上、縱身騎上。
⑧ **俺様**：老子、本大爺。
⑨ **懲らしめる**：懲戒、教訓。
⑩ **怒号**：怒號、怒吼。
⑪ **尻**：屁股、臀部。
⑫ **ぐっと**：使勁、用力地。

中

「喂！狂妄的小傢伙，我不會手下留情的。」

「你就是鬼怪的頭頭嗎？」桃太郎問道後便敏捷地縱身騎上他的頭了。

「你給我下來！老子要教訓教訓你！」鬼怪的首領一面揮舞著狼牙棒一面大聲怒吼著。

說時遲那時快，狗使勁地咬了鬼怪的屁股，猴子在他的腋下撓癢，山雉忿地戳他的眼睛。

「好痛！」鬼怪叫道。

桃太郎打了鬼怪的頭好幾下，甚至將他頭上的一隻角都折斷了下來。

⑬ **齧る**（かじる）：用牙齒咬、啃。
⑭ **引っ掻く**（ひっかく）：搔、撓癢。
⑮ **ぱっと**：突然、霍地。
⑯ **突く**（つく）：刺、戳。
⑰ **何度も**（なんども）：不斷地。
⑱ **殴る**（なぐる）：毆打、揍。
⑲ **折る**（おる）：折、折斷。

「痛(いた)っ！いったったった！」

そして、鬼(おに)は桃太郎(ももたろう)に①首(くび)を②絞(し)められて、③大粒(おおつぶ)の涙(なみだ)を④ぽろぽろ⑤溢(こぼ)しました。⑥とうとう、鬼(おに)は金棒(かなぼう)を⑦捨(す)てました。

「⑧参(まい)った、参(まい)った。許(ゆる)してくれ。⑨降参(こうさん)します。命(いのち)⑩だけはお助(たす)けください。これから悪(わる)い事(こと)を一切(いっさい)しません。⑪奪(うば)ってきたものも全部(ぜんぶ)お返(かえ)しします。」と鬼(おに)の親方(おやかた)は⑫土下座(どげざ)して⑬乞(こ)い願(ねが)いました。

「⑭約束(やくそく)しますか。約束(やくそく)を守(まも)りますか。」

「はい、約束(やくそく)します。守(まも)ります。」

字

① **首(くび)**：頭、頭部、腦袋。

② **絞(し)める**：掐、勒。

③ **大粒(おおつぶ)**：大粒、大顆。

④ **ぽろぽろ**：撲簌落淚的樣子。

⑤ **溢(こぼ)す**：掉、落。

⑥ **とうとう**：到底、終究。

⑦ **捨(す)てる**：拋棄、扔掉。

⑧ **参(まい)った**：比賽時輸者所説的「認輸、服輸」。

⑨ **降参(こうさん)**：投降、降服。

⑩ **だけ**：強調用法，在此強調請「務必」饒我一命。

⑪ **奪(うば)う**：奪取、掠奪。

中

「痛！痛、痛、痛、痛！」

然後，鬼怪的腦袋被桃太郎勒住，竟然撲簌簌地落下大顆的淚珠來。最後，鬼怪扔掉了大狼牙鐵棒投降了。

「我認輸了、我認輸了！原諒我吧。我投降了。請留下我這一條小命吧！從今以後，我都不再做任何壞事了。我們把搶來的東西全都還給你們。」鬼怪頭頭雙手伏地謝罪請求著。

「就這麼說定了嗎？你會言出必行嗎？」

「是，就這麼說定了。我會遵守承諾的。」

⑫ **土下座**（どげざ）：跪在地上致敬或謝罪。

⑬ **乞い願う**（こいねがう）：請求、懇求。

⑭ **約束**（やくそく）：約定。

句

○ **お助けください**（たすけ）：請幫幫我，禮貌用法。

○ **お返しします**（かえ）：還給你（你們），禮貌用法。

○ **約束を守る**（やくそく・まも）：信守承諾。

そして、桃太郎と犬と猿と雉は鬼から①取り上げた物を②荷車③一杯に④積んで、⑤元気よく国に帰りました。

お爺さんとお婆さんは桃太郎の⑥無事な姿を見て大喜びです。

犬も「ワンワン」、猿も「キーキー」、雉も「ケンケーン」と喜んで鳴きました。

中 於是，桃太郎、狗、猴子和山雉將從鬼怪們那裡沒收來的東西，裝滿了一整車，開開心心地返回故鄉去了。

老爺爺和老婆婆看到桃太郎平安無事都很高興。

狗高興地「汪、汪」叫，猴子也高興地「吱、吱」叫，山雉也高興地「咕、咕」叫了起來了。

字

① **取(と)り上(あ)げる**：沒收、徵收。

② **荷車(にぐるま)**：馬車、戴貨的大車。

③ **一杯(いっぱい)**：滿、佔滿。

④ **積(つ)む**：堆積、裝載。

⑤ **元気(げんき)よい**：精神飽滿、精力充沛、朝氣蓬勃。

⑥ **無事(ぶじ)**：平安無事。

桃太郎

＊吉備國的王子「桃太郎」

岡山縣在古時候又名吉備國，據説桃太郎是當時吉備國的三皇子「吉備津彦命」，而身形魁梧的百濟國王子「温羅」來到吉備到處作亂，人民把他築的城稱為「鬼の城」，桃太郎奉命討伐，得到三個邦國之助平定亂事，這三個邦國分別為：「備前、備後、備中」。這三個勢力鞏固著吉備國的國力與安全。「備前」蘆葦叢生，古代日本將「葦原」稱為「サル」，音同猴子；而狗對人忠誠，一般會安排在身邊也就是「備中」的位子；山雉擅攻武力雄厚，所以安排在「備後」。

＊惡鬼的剋星

傳説東北方是鬼門的方向，以十二干支來説，東北方又名「丑寅」古代對鬼怪的印象是頭上長了牛角（丑），身上圍著虎皮（寅）的大怪獸，與桃太郎故事中的魔王形象相同，而按照下圖十二生肖的天干地支圖也不難發現，猴、雞、狗是與鬼門的東北相對的，用以制衡惡鬼的勢力。

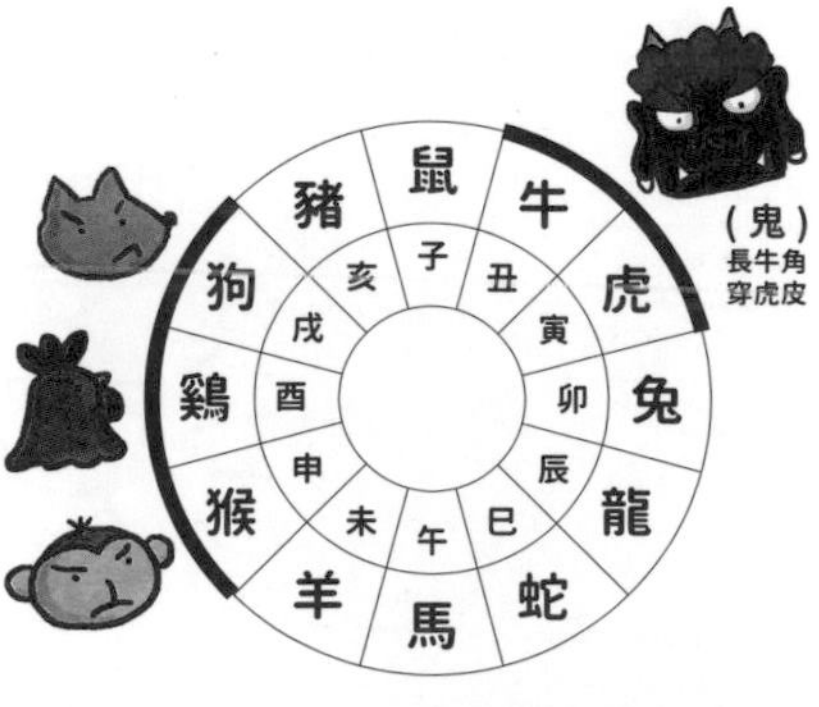

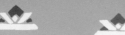

耳なし芳一

13

耳①なし芳一

昔々、ある寺に芳一という目が見えない②若い和尚さんがいました。芳一は琵琶の③弾き語りが④得意で、特に⑤平家物語の⑥壇ノ浦の段がその真に迫った⑦語り口に「鬼神も涙を流す」と言われる⑧ほどの⑨名手でした。

その壇ノ浦は源氏と平家の長い⑩争いの最後の戦場でした。その戦いは平家が完全⑪敗北となりました。武士たちは⑫勿論、平家一門は女や子供にいたるまで殺されたり、⑬自害したりしました。⑭況して安徳天皇という幼帝も、平家一族と海の底に沈んでしまいました。この壇ノ浦の段はその悲しい平家の最後の戦いを⑮語ったものです。

字

① **なし**：無、沒有。
② **若い**：年輕。
③ **弾き語り**：獨奏獨唱。
④ **得意**：擅長、拿手。
⑤ **平家物語**：日本有名的軍記物語之一，描寫平氏一門的榮華、沒落和滅亡，以佛教的因果無常觀為基調，為對話散文體的敘事詩。
⑥ **壇ノ浦**：源平戰爭最後的戰場，激戰之後平氏一族全被源氏消滅，現為日本山口縣下關市。
⑦ **語り口**：語調和態度、語氣。
⑧ **ほど**：表示程度。
⑨ **名手**：名人。

14

無耳芳一

中 從前從前，在某間寺廟有位眼盲，名叫芳一的年輕和尚。芳一很擅長彈琵琶，特別是《平家物語》中的〈壇之浦〉的那個段落，那逼真的語調真是「驚天地泣鬼神」，芳一就是那樣的一位名人。

「壇之浦」是源氏與平家一族長年爭鬥下的最後一場戰役。那場戰爭以平家一族全面敗北收場。武士們自不消說，甚至連平家一門的女子和小孩都被殺害或被迫自殺。連當時還是幼帝的安德天皇也被迫與平氏一族沈入海底了。〈壇之浦〉便是講述平家這場最後戰役的故事。

⑩ **争い**(あらそい)：爭吵、糾紛、爭鬥。

⑪ **敗北**(はいぼく)：敗北、被擊敗。

⑫ **勿論**(もちろん)：不用說、自不待言。

⑬ **自害**(じがい)：自殺。

⑭ **況して**(まして)：①何況、況且。②更加。在此為①的意思，指連武士、男女老幼都死了，何況安德天皇也難逃一死。

⑮ **語る**(かたる)：講述、說唱。

句

○ **真に迫る**(しんにせまる)：逼真。

○ **鬼神も涙を流す**(きじんもなみだをながす)：驚天地，泣鬼神。在此形容芳一彈的琵琶令人動容。

ある年の三月下旬のことです。その夜、寺の和尚さんたちが法事で①出かけてしまったので、芳一は一人で寺の②留守番をしていました。

「芳一③様ですか。」

突然、ある声がしました。

「はい、芳一です。すみませんが、私は目が不自由な者です。そちら、そちらは④どちら様ですか。」と芳一は手で⑤周りを⑥探りながら、答えました。

「私は近くに住んでいる⑦高貴な⑧方の⑨お使いです。⑩主人様が芳一様の琵琶の弾き語りを聞いてみたいと⑪おっしゃいました。」

「私の琵琶の弾き語りを？」

字

① **出かける**：外出、出門。

② **留守番**：看家、看門的人。

③ **様**：接尾辭，敬語。常見的「さん」為其轉音，「さま」的敬意較「さん」高一些。男女老少通用，為「先生、女士」等之意。

④ **どちら様**：哪位。

⑤ **周り**：周遭、四周。

⑥ **探る**：用手摸、探察。

⑦ **高貴**：高貴、尊貴、顯貴。

⑧ **方**：人（尊稱）。

⑨ **お使い**：使者。

⑩ **主人**：一家之主、主人。

中 這是發生在某一年三月下旬的事情了。那一個晚上，寺廟裡的和尚們外出做法事，只有芳一獨自在寺廟中。

「是芳一先生嗎？」

突然，有個聲音問道。

「是的，我是芳一。不好意思，因為我的眼睛看不見，請問，您是哪位呢？」芳一一面用手摸索著四周一面答道。

「我是住在附近的大戶人家派來的使者。我主人說想聽芳一先生彈奏琵琶。」

「想聽我彈琵琶？」

⑪ **おっしゃる**：「言う（い）」（說）的尊敬詞，說、講。

句

○**～てみたい**：想做～試試看。

「はい、そうです。①案内するので、私と一緒に来てくださいませ。」

否応無しに芳一が②引っ立てられました。歩く③たびに、④ガシャッガシャッと音がして、使いの者は⑤鎧を身に⑥纏っているようです。

門に入り、庭を通ると、⑦大広間に通されました。⑧大勢の人が集まっている⑨らしく、⑩部屋の中では、⑪あちこちから⑫囁きの声が聞こえてきました。

「沢山の人がいる。男の他に、女、子供もいる。」と芳一は思いました。

しばらくすると、一人の女が⑬透き通った声で芳一に言いました。

字

① **案内**：引導、嚮導。
② **引っ立てる**：強行帶走、押送。
③ **たびに**：每次、每回。
④ **ガシャッ**：鎧甲的聲音，哐啷、哐啷。
⑤ **鎧**：鎧甲。
⑥ **纏う**：纏、裹、穿。
⑦ **大広間**：大廳。
⑧ **大勢**：很多的（人）。
⑨ **らしい**：好像。
⑩ **部屋**：房間、室。
⑪ **あちこち**：這裡那裡、到處。
⑫ **囁き**：耳語、低聲細語。

中

「是的。我帶您去。請您和我一起來吧！」

不等芳一答應就這樣強行將他帶走了。那人每走一步，就會發出哐啷、哐啷的聲音，芳一感覺使者好像穿著鎧甲的樣子。

進入大門通過庭院，芳一被帶到了大廳。這裡好像聚集了很多人，房間裡到處都可以聽到低聲耳語。

「有好多人。除了男人也有女人還有小孩。」芳一心想。

過了一會兒，有個清脆的女人聲音對芳一說道：

⑬ **透き通る**：透明、清澈、清脆。

句

○ **否応無しに**：不管願不願意、不容分辯、迫不得已。

○ **音がする**：有~的聲音。

○ **~ようです**：~的樣子。為確定程度較高的推斷。

○ **~と**：前加活用語終止形，表示一……就……。

「よくおいでになりました。芳一様（ほういちさま）、①さっそく琵琶（びわ）に②合（あ）わせて壇ノ浦（だんのうら）の③合戦（かっせん）の④一節（ひとふし）を⑤聴（き）かせていただけませんか。」

「はい、⑥畏（かしこ）まりました。」芳一（ほういち）は不思議（ふしぎ）な声（こえ）を⑦不審（ふしん）に思（おも）っていましたが、⑧躊躇（ちゅうちょ）なく琵琶（びわ）を⑨鳴（な）らして⑩全身（ぜんしん）全霊（ぜんれい）を傾（かたむ）けて語（かた）り始（はじ）めました。

中

「歡迎您來到這裡。芳一先生，請您馬上用琵琶為我們彈奏〈壇之浦〉交戰的那段好嗎？」

「是，遵命。」芳一雖然對這不可思議的聲音感到些許不安，但他還是毫不猶豫地馬上彈起琵琶，傾注全身精力開始唱了起來。

字

① **さっそく**：馬上、趕緊。
② **合（あ）わせる**：配合。
③ **合戦（かっせん）**：交戰、戰鬥。
④ **一節（ひとふし）**：一節、一段、一曲。
⑤ **聴（き）く**：聽。
⑥ **畏（かしこ）まる**：拘謹、畢恭畢敬，知道了。「畏（かしこ）まりました」是「分（わ）かりました」的尊敬表現。
⑦ **不審（ふしん）**：可疑、不安。
⑧ **躊躇（ちゅうちょ）**：躊躇、猶豫。
⑨ **鳴（な）らす**：弄響、使……發出聲音。
⑩ **全身全霊（ぜんしんぜんれい）**：全心全力、全部精力。「全身全霊（ぜんしんぜんれい）を傾（かたむ）ける」為「傾注全身精力」之意。

句

○**おいでになる**：「出る」（出去）、「行く」（去）、「来る」（來）、「居る」（在）的尊敬詞。

①櫓を②漕ぐ音。
岩に③ぶつかる白い波。
④弓鳴りの音が空を破っていく。
⑤武者の⑥叫び声、死の⑦匂い。
人が⑧飛び込む、水の音。

中

搖櫓聲響。
白色浪濤洶湧拍打著岩石。
嘶嘶弓響劃破天際。
武士的慘叫、死亡的氣息。
人縱身入水，只有噗通一聲。

字

① **櫓**（ろ）：櫓。「櫓を漕ぐ（ろをこぐ）」為「搖櫓」之意。
② **漕ぐ**（こ）：踩、踏、划，在此指搖櫓。
③ **ぶつかる**：碰、撞。
④ **弓鳴り**（ゆみな）：嘶嘶的弓箭聲。
⑤ **武者**（むしゃ）：武士。
⑥ **叫び声**（さけごえ）：叫聲。
⑦ **匂い**（にお）：味道、氣味。
⑧ **飛び込む**（とこ）：跳入、跳進去。

句

○ **破っていく**（やぶ）：劃破天際。「〜ていく」表示某動作、狀態從現在到未來的持續與變化。

部屋の中が①シーンと②静まりかえって、誰もが③真剣に芳一の弾き語りに耳を傾けている。④やがて、幼い安徳天皇を含む平家一門の男女が⑤入水する⑥最も悲惨な場面に達した時、一人の女が⑦しくしくと⑧啜り泣き始めました。すると、次から次へと⑨めそめそと⑩泣き声が⑪広がっていきました。部屋中、⑫おいおいと啜り泣く声と泣き叫ぶ声で一杯になりました。芳一の琵琶が終っても、泣き声が⑬延々と終りません。芳一は人々の⑭反応に感銘を受けて自分の⑮出来栄えにすごく満足しました。

しばらくすると、透き通った声がまた聞こえました。

字

① **シーンと**：平靜、安靜、默然無聲、鴉雀無聲。

② **静まりかえる**：鴉雀無聲、萬籟俱寂。

③ **真剣**：認真、正經。

④ **やがて**：不久。

⑤ **入水**：跳水、投水（自殺）。

⑥ **最も**：最。

⑦ **しくしく**：抽抽搭搭地細聲哭泣。

⑧ **啜り泣き**：啜泣、抽泣。

⑨ **めそめそ**：低聲哭泣。

⑩ **泣き声**：哭聲。

⑪ **広がる**：擴展、蔓延、傳開。

中 房間裡面變得萬籟俱寂，每個人認真地在豎耳傾聽芳一的彈奏與歌聲。終於，唱到了年幼的安德天皇與平家一門男女投水自殺那個最悲慘的橋段時，有一個女子抽抽搭搭地細聲哭了起來。於是，一個接著一個的啜泣聲便蔓延開來。整個房間，充滿著哇哇大哭聲、抽抽搭搭的哭泣聲和嚎嚷聲。即使芳一結束了琵琶的彈唱，那些哭聲仍不斷地傳出。芳一對這些人的反應深受感動，並且對自己的表現感到十分滿足。

過了一會兒，芳一又聽到了那個清脆的聲音。

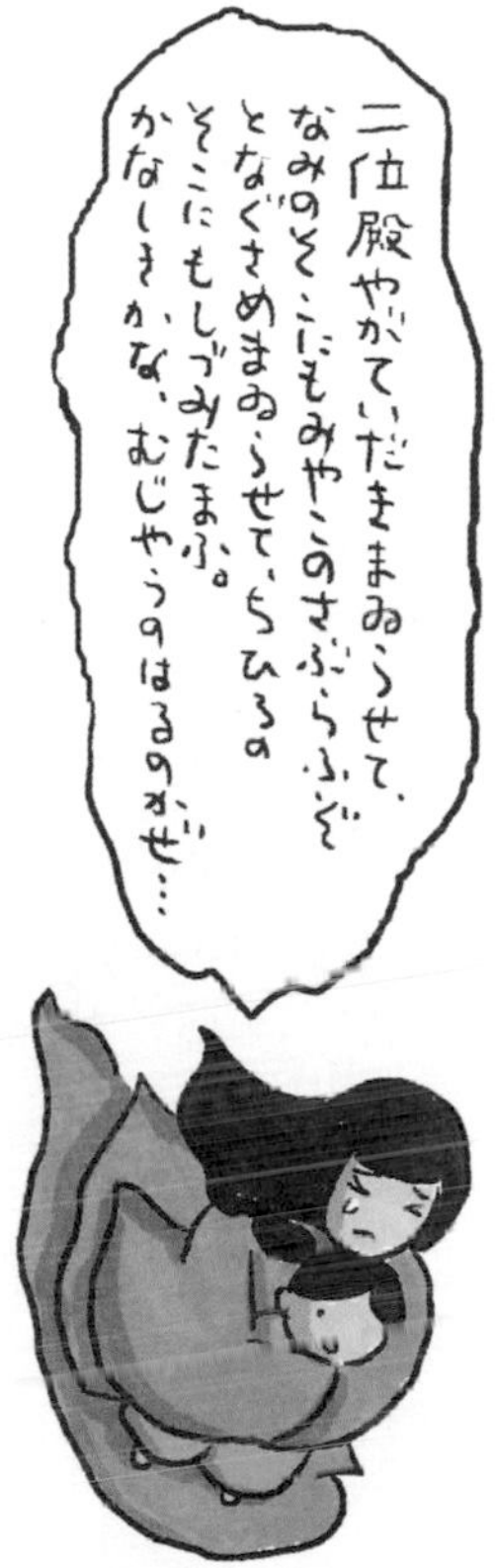
二位殿やがていだきまゐらせて、
なみのそこにもみやこのさぶらふぞ
となぐさめまゐらせて、ちひろの
そこにもしづみたまふ。
かなしきかな、むじやうのはるのかぜ…

⑫ **おいおい**：嗚嗚地哭，哇哇大哭。

⑬ **延々**（えんえん）：沒完沒了、接連不斷。

⑭ **反応**（はんのう）：反應、感受。

⑮ **出来栄え**（できばえ）：做出結果、好表現。

句

○ **次**（つぎ）**から次**（つぎ）**へ**：一個接著一個。

○ **感銘**（かんめい）**を受**（う）**ける**：深受感動、深銘肺腑。

「お①見事でございました。皆様が感動いたしました。主人も②大層喜んでいらっしゃいます。ご③褒美をたくさんあげるので、今夜④より⑤六日間、毎晩⑥そなたの琵琶を聴かせていただけませんか。」

「畏まりました。」

「それから寺に⑦戻っても、ここに来た事は⑧内緒にしておいてくれませんか。」

「はい、決して他の人には言いません。」

次の夜も芳一は迎えに来た武者について、⑥館に向かって寺を出ました。

そして、次の夜も、次の夜も……。

⑩五日目の朝、寺の⑪住職が⑫廊下で芳一と会いました。

字

① **見事**：非常漂亮、卓越、很棒。

② **大層**：很、非常。

③ **褒美**：獎賞。

④ **より**：在此表示從～開始。

⑤ **六日間**：六天。

⑥ **そなた**：你，敬語。

⑦ **戻る**：回去。

⑧ **内緒**：秘密、不告訴（他人）。

⑨ **館**：貴族的宅第。

⑩ **五日目**：第五天。

⑪ **住職**：寺廟的住持。

⑫ **廊下**：走廊。

中

「您表演得非常精采，大家都深受感動。主人也非常高興，我們會給您很多的獎賞，能不能請您這六天晚上都來這裡為我們演奏呢？」

「遵命。」

「還有，您回去了之後，必須對來過這裡的事情保密。」

「是，我絕對不會對其他人說的。」

隔天晚上，芳一又跟著使者，離開寺廟往貴族的宅邸出發了。

然後，第三個晚上也是、第四個晚上也是……。

第五天的早上，寺廟的住持在走廊遇見了芳一。

句

○ **～ておく**：前多加動詞連用形，表示①事先準備。②放置某狀態，任其持續下去。在此為②的意思，表示一直保密下去。

○ **迎えに来る**：來迎接。

○ **について**：在此表示跟隨之意。

○ **そして**：接續詞，然後。

「芳一、①顔色が悪いですね。どうかしましたか。」

「②大丈夫です。③ご心配は④ご無用にお願いします。ありがとうございます。」

芳一は約束を守って、夜の事について何も話しませんでした。

「うん、お⑤大事に。」

「はい、ありがとうございます。それでは、⑥失礼します。」

⑦悪霊に⑧取り付かれているかもしれないという⑨青白い顔色に住職は不審に思いました。また、目の悪い芳一が⑩夜な夜な出かけていく事にも疑問に思いました。⑪それで、⑫寺男に芳一の後を付けさせました。

字

① **顔色**：臉色、氣色。

② **大丈夫**：不要緊、沒關係。

③ **ご心配**：（您的）擔心。

④ **ご無用**：不需要。

⑤ **大事**：保重、愛護、珍惜。

⑥ **失礼する**：告辭。

⑦ **悪霊**：惡靈。

⑧ **取り付く**：（靈魂）附身、附體。

⑨ **青白い**：面無血色。

⑩ **夜な夜な**：每個晚上。

⑪ **それで**：因此、於是。

⑫ **寺男**：寺院的雜役、雜僕。

中

「芳一你的臉色不太好，怎麼了嗎？」

「沒事的，請你不要太擔心，謝謝。」

芳一遵守約定，對於晚上發生的事情，守口如瓶。

「嗯，那請多保重！」

「好，謝謝。那麼我先告辭了。」

住持對他蒼白的臉色感到不安，因為那可能是被惡靈纏身的現象。另外他對於有視覺障礙的芳一每晚都跑出去的事情亦感到不解。於是他便吩咐寺廟裡打雜的僕人跟蹤芳一。

句

- **約束（やくそく）を守（まも）る**：遵守約定。
- **～について**：關於～。
- **かもしれない**：或許、也許、可能。
- **後（あと）を付（つ）ける**：跟蹤、尾隨在後。

夜になりました。雨が①ざあざあと降っていますが、芳一は②やはり寺を出ていきます。寺男が芳一の後を③こっそりつけてその行動を監視しました。④ところが目が見えない芳一の足は意外に速く、しばらくするともう⑤郊外の墓地へやって来ました。それは平家一門の墓地でした。そこは安徳天皇の墳墓の地でもありました。そして、芳一は⑥なんと一人でそこで琵琶を弾き語っていました。よく見ると、芳一は⑦無数の⑧鬼火に⑨囲まれています。寺男が驚いて慌てて寺に⑩駆け戻りました。住職はその話を聞いて芳一が平家の亡霊に取り付かれているに⑪違いないと思いました。⑫夜中を⑬過ぎると、芳一は寺に戻りました。住職に⑭厳しく⑮問い詰められた芳一はとうとう事の⑯一部始終を⑰打ち明けました。

字

① **ざあざあ**：嘩啦嘩啦（雨水聲）。
② **やはり**：仍然、還是。
③ **こっそり**：悄悄地、偷偷地、躡手躡腳地。
④ **ところが**：然而，表示前後相反的結果。
⑤ **郊外**：郊外。
⑥ **なんと**：竟然。
⑦ **無数**：無數、很多。
⑧ **鬼火**：鬼火、磷火。
⑨ **囲む**：包圍、圍繞。
⑩ **駆け戻る**：跑回去。
⑪ **違いない**：沒錯。
⑫ **夜中**：夜半、午夜。

中 到了晚上。雨嘩啦嘩啦地下著，果然芳一仍然出了寺廟，僕人悄悄地尾隨在後，監視著芳一的行動。奇怪的是眼睛看不到的芳一意外地腳步相當敏捷，一下子就來到了郊外的墓地。那裡是平家一族的墓地，也是安德天皇的陵寢。然而，芳一竟然一個人自顧自地在那裡彈唱了起來。仔細一看竟有無數的鬼火圍繞著芳一。僕人嚇了一跳慌慌張張地跑回寺廟。住持聽了他描述的情況後，確定芳一是被平家的亡靈纏身了。過了午夜芳一回到寺廟，在住持的嚴厲逼問之下，芳一終於將事情的全部經過，一五一十地全盤托出。

⑬ **過ぎる**：過了、超過。

⑭ **厳しい**：嚴厲。

⑮ **問い詰める**：追問、盤問、逼問。

⑯ **一部始終**：從頭到尾、全部經過。

⑰ **打ち明ける**：全盤説出、毫不隱瞞地坦白。

句

○ **～になる**：變成～。

○ **足は速い**：腳程很快。

○ **やって来る**：來到了某處。

○ **～でもある**：也是。

○ **よく見ると**：仔細一看發現。

「これは危ない。このままでは芳一の命がなくなるに違いない。」と住職は芳一の全身に①般若波羅蜜多心経を②写しました。

「このまま③『只管打座』しなさい。今夜武者が迎えに来ても④返事をするな。声一つ音一つも立てるな。」と住職は芳一に堅く⑤言い含めました。

「はい！畏まりました。」芳一は座禅を組んで、⑥怯える声で答えました。

そして、夜になりました。

「芳一様は⑦いらっしゃいますか。」これまでと同じ声がしました。

芳一は答えません。

字

① **般若波羅蜜多心経**：般若波羅蜜多心經，簡稱「心經」。

② **写す**：謄抄、摹寫。

③ **只管打座**：日本鎌倉初期，佛教曹洞宗的開山祖師道元禪師所倡，屏除一切雜念，專心打坐之意。

④ **返事**：回答、回話。

⑤ **言い含める**：仔細説明，耐心囑咐。

⑥ **怯える**：害怕、膽怯。

⑦ **いらっしゃる**：「行く」（去）、「来る」（來）、「居る」（在）的尊敬表現。

中「太危險了！這樣下去的話，芳一肯定會沒命的。」於是，住持在芳一的身上寫了滿滿的般若波羅密多心經。

「就這樣屏棄所有雜念只管打坐。今晚，即使使者來迎接你，你也不要回答。不可以發出一點聲響。」住持嚴厲且耐心地吩咐芳一。

「是，遵命。」芳一盤腿打坐，用膽怯的聲音回答道。

就這樣到了晚上。

「芳一先生，您在嗎？」芳一聽到了和這幾晚同樣的聲音。

芳一沒回答。

句

○座禅(ざぜん)を組(く)む：盤腿打坐。

「芳一様はいらっしゃいますか。」声が①だんだん①近づいてきました。

芳一は怯えながら、その呼び声に耳を澄ましていました。

「芳一の返事がない。芳一の姿が見えない。どこへ行ったのか？」と武者が③呟きました。「和尚の④仕業かな。そうだ、きっと和尚の仕業だ。どうしよう？あれ、耳が⑤闇に⑥浮いていないか。仕方がない。⑦せめて⑧証拠に耳だけでも持って帰ろう。」と芳一の耳を⑨バリっと⑩もぎ取って、帰って行きました。

中 「芳一先生，您在嗎？」聲音漸漸地靠近過來了。

芳一害怕地注意傾聽那呼叫聲。

「芳一沒有回答，也看不到芳一，他到哪裡去了呢？」使者小聲地自言自語著。「難道是和尚搞的鬼嗎？沒錯！肯定是他！怎麼辦？咦！那裡是有雙耳朵浮在空中嗎？沒辦法，至少將耳朵當作證據帶回去好了。」武者說著「嘎吧」一聲便將芳一的耳朵撕下來帶回去了。

句

○耳(みみ)を澄(す)ます：聆聽、注意傾聽。

○仕方(しかた)がない：沒有辦法。

字

①だんだん：漸漸地、逐漸地。

②近(ちか)づく：靠近。

③呟(つぶや)く：小聲發牢騷、嘟囔、小聲地自言自語。

④仕業(しわざ)：搞鬼、幹的勾當。

⑤闇(やみ)：黑暗、黑夜。

⑥浮(う)く：浮著。

⑦せめて：至少、哪怕……也好。

⑧証拠(しょうこ)：證據。

⑨バリっと：嘎吧一聲（撕下）、咔哧一聲（撕碎）。

⑩もぎ取(と)る：強行摘下、扭下、硬揪下。

その後も、芳一は①可哀相に②じっと足を組んだまま、③恐怖と④痛みに⑤耐えていました。⑥翌日の朝、法事で出かけていった住職が⑦やっと帰って来ました。住職は芳一の様子を見て、⑧不憫に思いました。

「⑨お前の体の⑩隅々まで⑪経文を書いた⑫つもり⑬であったが、耳に経文を⑭書き忘れたとは、気がつかなかった。⑮すまん。」

「大丈夫です。心配しないでください。」

芳一は耳を取られてしまいましたが、⑯命拾いをしました。それからは平家一門の亡霊に⑰付き纏われることもありませんでした。⑱やがて、この不思議な事件が世間に広まって、琵琶法師芳一は「耳なし芳一」と呼ばれるようになり、その名を知らない人はいないようでした。

字

① **可哀相**：很可憐的樣子。
② **じっと**：動也不動、一聲不響。
③ **恐怖**：恐懼。
④ **痛み**：由形容詞「痛い」轉變過來的名詞，痛苦。
⑤ **耐える**：忍受、忍耐。
⑥ **翌日**：隔天。
⑦ **やっと**：終於、好不容易。
⑧ **不憫**：可憐。
⑨ **お前**：你。男性用語，是較不禮貌的説法。
⑩ **隅々**：各處、各個角落。
⑪ **経文**：經文。

中 被扯下耳朵之後，可憐的芳一忍受著恐懼與痛苦一聲不響地保持著盤腿的姿勢。隔天早晨，因法事外出的住持回來了。住持看到了芳一的樣子覺得他真是可憐。

「本來打算在你身體的各個角落都寫滿經文的，但卻漏了你的耳朵，是我沒有注意到，請原諒我的疏忽。」

「沒有關係。請不用擔心。」

芳一雖然耳朵被取走了，但至少撿回了一條命。從那以後，平家一族的亡靈也不再糾纏他了。不久，這件令人覺得不可思議的事情漸漸傳開，大家都稱琵琶法師芳一為「無耳芳一」，他變得非常有名，幾乎無人不知、無人不曉了。

⑫ **つもり**：打算、意圖。
⑬ **である**：です的禮貌說法。
⑭ **書き忘れる**：忘記寫。
⑮ **すまん**：請原諒、對不起。
⑯ **命拾い**：撿回了一條命。
⑰ **付き纏う**：糾纏、纏住。
⑱ **やがて**：終於、總算。

句

○**足を組んだまま**：一直維持盤著腿的樣子。
○**気がつかない**：沒有注意到。
○**～呼ばれるようになる**：被大家稱為～。

耳なし芳一

*壇之浦之戰與平氏一族

位於本州之西，九州之北，狹長型的壇浦海域、水流湍急的關門海峽就是平家最後覆亡的戰場。

那是一場死傷相當慘烈的戰爭，當天擅長海戰的平氏率先開戰，趁勢順流而下一度占了上風，他們排了隊形試圖引誘源氏大軍入甕，不料遭部分下屬背叛，讓源氏識破了戰術，中了埋伏而陷入苦戰。到了下午海流一變，原本就已苦撐多時的平氏不敵海流的力量動彈不得，只能拚死戰到全軍覆沒，殘兵敗將寧死不願成為俘虜紛紛投海自盡，連當時年僅八歲的安德天

皇也由外婆挾著投海，海面上屍橫遍野，將海都染紅了一大片。

此一戰役由源義經率領的軍隊滅了平氏一族，將政權的中心轉移到鎌倉，成為鎌倉幕府將戰事告終。也由於戰況實在過於慘烈，此地盤旋著平氏一族亡靈的傳聞不斷，也成為後來無耳芳一的故事背景。

たいらのきよもり
平清盛
(1118-1181)
平家の棟梁として
全盛期への基礎を確立
宮島の厳島神社は
清盛の多大な援助で
海上社殿が造られた
壇ノ浦

波浪下的皇宮：「赤間神宮」

赤間神宮位於山口県下関市，歷史相當悠久。原名為阿彌陀寺，是祭祀安德天皇的神社，裡面有平氏一族的墳塚和芳一法師木雕像。據説壇浦之戰尾聲，當年紀最小的安德天皇被迫投海自盡時，曾問起：「我們要去哪兒呢？」他的外婆回說：「我們要去海底龍宮。」於是，為了撫慰安德天皇的亡靈，在第二次世界大戰後，就依照這個傳説將神宮改建為龍宮的樣貌。

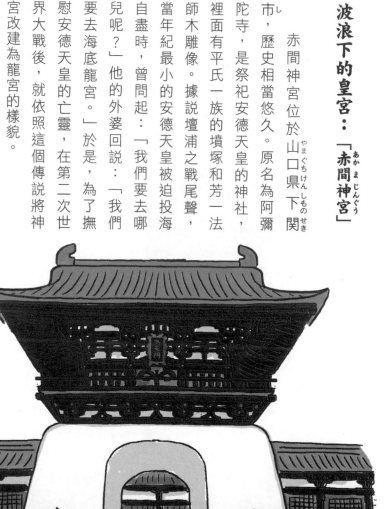

雪女(ゆきおんな)

15

雪女

昔々、寒い①北国に、武蔵と小太郎という②猟師の③親子がいました。ある冬の日、山が④すっぽり雪に⑤包まれていました。親子は⑥いつものように⑦猟銃を持って山へ入って行きました。しかし、雪が⑧次第に強くなり、空もだんだん暗くなりました。⑨吹雪の中、帰れなくなった二人は、⑩なんとか⑪山小屋を⑫見つけました。

「大雪だな。⑬一休みしよう。」お父さんの武蔵が言いました。

「はい、仕方がないですね。」息子の小太郎が答えました。

「寒いね。」

字

① **北国**（きたぐに）：北國、北部地區。

② **猟師**（りょうし）：獵人。

③ **親子**（おやこ）：父母和子女。

④ **すっぽり**：蒙上、覆蓋。

⑤ **包む**（つつむ）：包覆、籠罩、隱沒。

⑥ **いつも**：總是、往常。

⑦ **猟銃**（りょうじゅう）：獵槍。

⑧ **次第に**（しだいに）：逐漸、漸漸、慢慢地。

⑨ **吹雪**（ふぶき）：暴風雪。

⑩ **なんとか**：設法、勉強、總算、好歹。

⑪ **山小屋**（やまごや）：山中小屋，為登山者設的小屋。

⑫ **見つける**（みつける）：看到、發現。

⑬ **一休み**（ひとやすみ）：休息一下、休息片刻、歇一會兒。

16

雪女

中 從前從前，在寒冷的北國，有對父子，父親名為武藏、兒子叫小太郎。某年的冬天，整座山白雪皚皚，父子兩人像往常一樣，帶著獵槍上山去了。但是，雪卻愈下愈大，天空也愈來愈暗了。兩人在暴風雪中無法下山，好不容易發現了一個山間小屋。

「雪好大啊，休息一下吧！」父親說道。

「是啊，沒有辦法囉。」兒子回答。

「真冷啊！」

①囲炉裏に薪を焼べて、②ちらちらと燃える火に当たりながら、二人は冷えた体を温めます。

「③眠いね。」武蔵は酒を飲んでから言いました。

「うん……。」

④昼間の歩き疲れからか、⑤うとうとと二人はすぐに⑥寝込んでしまいました。外の雪は、⑦依然として強いです。突然、戸が⑧ガタンと開き、⑨ヒューと雪が⑩舞い込んできて、囲炉裏の火が⑪ふっと⑫掻き消されました。

「寒い！」

句

- **薪を焼べる**：添加柴火。
- **火に当たる**：烤火、取暖。

字

① **囲炉裏**：地爐、坑爐。
② **ちらちら**：火光一閃一閃地。
③ **眠い**：睏倦、想睡覺。
④ **昼間**：白天。
⑤ **うとうと**：睡意昏沉、迷迷糊糊。
⑥ **寝込む**：入睡、熟睡。
⑦ **依然**：依然。
⑧ **ガタンと**：喀噠一聲。
⑨ **ヒュー**：風的颼颼聲。
⑩ **舞い込む**：飄進來、飛進來。
⑪ **ふっと**：①突然、忽然。②噗地一聲吹熄。在此為②的意思。
⑫ **掻き消す**：完全消失。

中 他們在爐裡加了些柴火，對著一閃一閃的火光烘暖冷得發抖的身軀。

「有點睏了。」父親喝完酒後說道。

「嗯……。」

或許是白天走路走累了，迷迷糊糊地兩個人馬上就睡著了。外頭的風雪依然強勁。突然，門喀嗑一聲被吹開，風雪颼颼地吹了進來，爐裡的火噗地一聲熄滅了。

「真冷！」

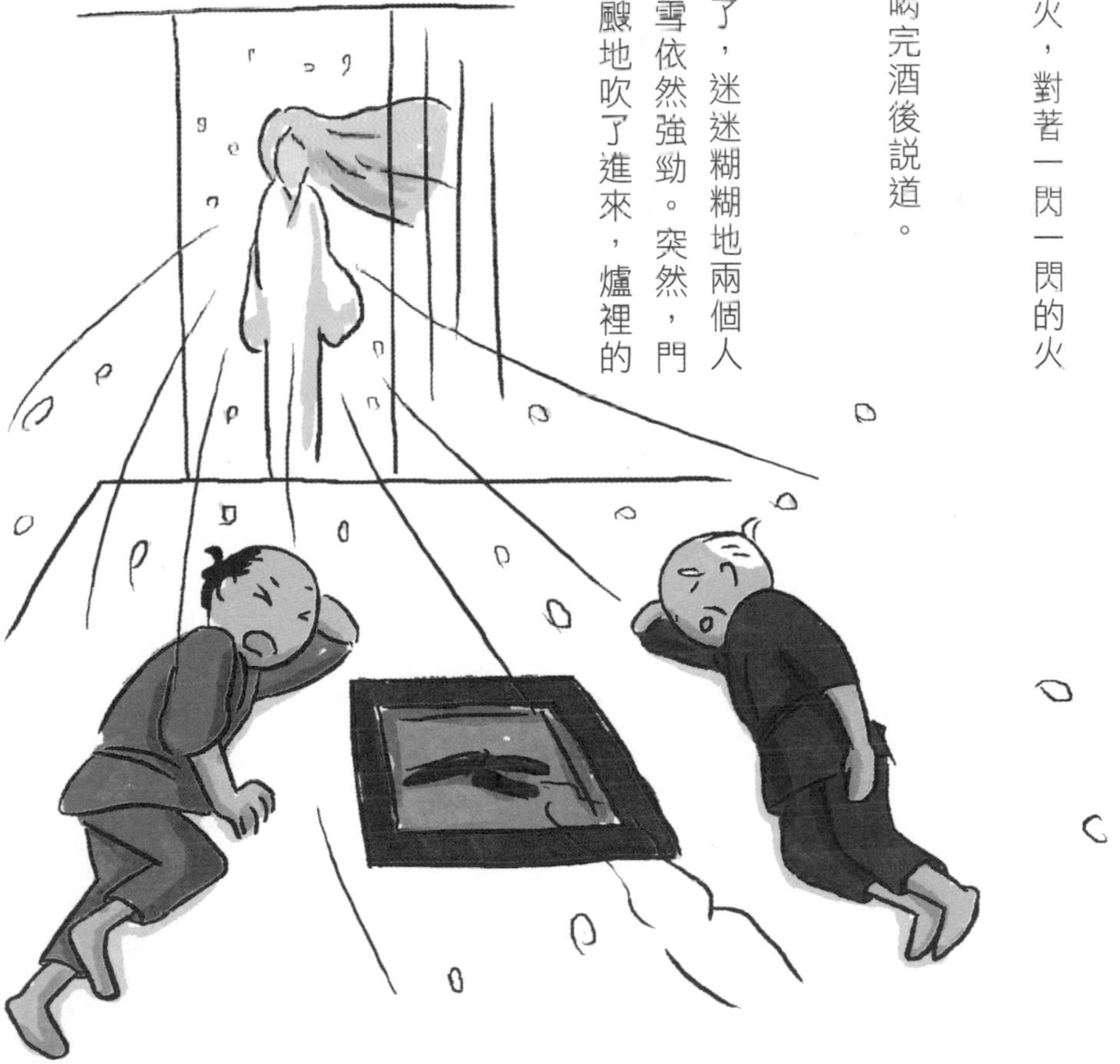

あまりの寒さに小太郎は目が覚めました。①寝ぼけ眼を②こすりながら、火をもう一度起こそうとしています。

その時、小太郎は女の③影を見たのです。そこに姿を④現したのは、⑤真っ白な服を着て、真っ白な⑥肌をしている女でした。冷たい視線を持ち、若くて綺麗な女でした。

「雪女！⑦噂の雪女だ。」小太郎は体が⑧凍りそうで動けませんが、そう確信していました。

雪女は眠っている武蔵の顔を⑨覗き込んで、口から⑩フーと白い息を⑪吹きかけていました。武蔵の顔に白くて冷たい息がかかると、武蔵の体はだんだん白く変わって凍えていきました。そして武蔵は眠ったまま息を引き取ってしまいました。

字

① **寝ぼけ眼**：惺忪睡眼。

② **こする**：揉、搓。

③ **影**：影子、身影。

④ **現す**：出現。

⑤ **真っ白**：純白、雪白。

⑥ **肌**：皮膚。

⑦ **噂**：流言、傳説。

⑧ **凍りそう**：好像快凍僵了的様子。

⑨ **覗き込む**：靠近細看。

⑩ **フーと**：呼地吹氣。

⑪ **吹きかける**：吹氣、哈氣。

中 小太郎被刺骨的寒意冷醒，一面揉著惺忪睡眼，一面想去重新升火。

此時，小太郎看到了一位女子的身影，那是位穿著純白衣服，有著雪白肌膚的女子，她的視線冷澈、是位年輕貌美的女子。

「雪女！是傳說中的雪女！」小太郎的身體好像凍僵了似的無法動彈，但他確信，那就是雪女。

雪女靠近武藏的臉細看了一下，然後從她的口中呼地吹出白色的氣息。武藏的身體一碰到白色的氣體，便漸漸地變成白色，最後凍僵了。武藏就這樣在睡夢中斷了氣。

句

○**目が覚める**：醒來、醒過來。

○**〜とする**：「動詞意向形＋とする」表示正要做某種動作。

○**息がかかる**：在此表示氣息吹上武藏的臉。另有衍生出慣用語，表示在〜的庇護下、有後台。

○**眠ったまま**：在睡著的狀態下。

○**息を引き取る**：死亡、斷氣、嚥氣。

雪女は、今度は①ゆっくり小太郎の方へ近づいて来ます。

「②勘弁してください。お願いします、助けてください。」

雪女は③微笑みながら頭を擡げました。その一瞬二人の視線が合いました。すると、雪女は怖がる小太郎に④優しく言いました。「あなたはまだ⑤若いです。それに綺麗な目をしています。⑥望み通り、許してあげましょう。⑦ただし、今夜の事を話してはいけません。」

「はい、畏まりました。」

そして雪女は雪の中に⑧吸い込まれるように⑨すっと消えてしまいました。はっと気がつくと、もう朝でした。

字

① **ゆっくり**：緩慢、慢慢地。

② **勘弁**：原諒、饒恕、寬恕。

③ **微笑む**：微笑。

④ **優しい**：溫柔、和善的。

⑤ **若い**：年輕。

⑥ **望み通り**：如願、如你所願。

⑦ **ただし**：但是、只不過。

⑧ **吸い込む**：吸入、消失。

⑨ **すっと**：迅速地、輕快地、一下子。

中

這次，雪女漸漸往小太郎的方向靠了過來。

「請饒了我吧！拜託妳，請饒命啊！」

雪女微笑地抬起頭來。那一瞬間，兩個人的視線交會，雪女溫柔地對害怕的小太郎說：「你很年輕，還長得一雙漂亮的眼睛。如你所願，我就饒了你吧！只是，今晚發生的事情，你不可以說出去。」

「是，遵命！」

於是，雪女像是被雪吸走了一般，一下子便消失了。等小太郎回過神來，已經是早上的事了。

句

- **近づいて来る**：靠了過來。
- **勘弁してください**：請饒了我。
- **頭を擡げる**：抬起頭。
- **視線が合う**：視線交會。
- **はっと気がつく**：突然想起、回過神來。

小太郎は①傍らで父の武蔵が②凍え死んでいるのを③見つけたのです。

④それから、小太郎は雪女との約束を守って、その夜のことを誰にも言いませんでした。

そして、一年が⑤経ちました。同じ大雪の日でした。

「ごめんください。」と誰か外にいるようでした。

戸を開けると、なんと一人の女がいました。真っ白な肌をしている綺麗な女でした。

「大雪で、困っているものです。⑥どうか助けてくださいませんか。」

「どうぞ、お入りください。」

字

① **傍ら**：旁邊。

② **凍え死ぬ**：凍死。

③ **見つける**：發現。

④ **それから**：然後。

⑤ **経つ**：（時間）流逝。

⑥ **どうか**：拜託、請。

句

○ **ごめんください**：不好意思，請問有人在嗎？

○ **お入りください**：請進來。

中

小太郎看到了父親凍死在自己身旁。

從那以後，小太郎遵守和雪女的約定，對那天晚上發生的事絕口不提。

然後，就這麼過了一年。同樣是個下大雪的日子。

「請問，有人在家嗎？」外頭好像有人的樣子。

小太郎一打開門，發現外面站著一名有著雪白肌膚的漂亮女子。

「我被大雪困住了。你能不能幫幫我？」

「請，快進來吧！」

女は①お雪と②名乗り、③親兄弟に死なれて④轗軻不遇な話をいろいろと優しい小太郎に話しました。小太郎はお雪の事を⑤不憫に思って、お雪を⑥引き取って世話をしました。そして、二人は自然に一緒に暮らすようになり、⑦仲の良い夫婦になりました。

その⑧翌年の冬の事です。⑨大晦日の夜、大雪が降っていました。お雪は小太郎が買ってきた白い服を着て、囲炉裏の傍で幸せな微笑みを浮かべながら刺繍をしていました。小太郎は⑩ぐでんぐでんに⑪酔っ払って、お雪の⑫横顔を見て、すごく⑬いい気分になりました。

字

① **お雪**：人名，小雪、阿雪。
② **名乗る**：自稱，自報姓名。
③ **親兄弟**：父母兄弟姊妹。
④ **轗軻不遇**：命運乖舛坎坷。
⑤ **不憫**：可憐。
⑥ **引き取って**：收養、收容。
⑦ **仲の良い**：好情誼、關係良好。
⑧ **翌年**：隔年。
⑨ **大晦日**：除夕。
⑩ **ぐでんぐでん**：醉醺醺的樣子。
⑪ **酔っ払う**：醉、喝醉。
⑫ **横顔**：側臉。

中 女子自稱「小雪」她跟和善的小太郎說她的父母兄弟姊妹都已去世等命運坎坷的種種不幸。小太郎覺得小雪非常可憐，於是便收留了她。然後，兩人自然而然地一起生活，成為感情很好的一對夫婦。

隔年冬天，大年除夕的夜晚外面下著大雪。小雪穿了小太郎買給她的純白衣服，在爐邊微笑著刺著繡，臉上洋溢著幸福。小太郎喝得醉醺醺看著小雪的側臉，心情顯得非常舒暢。

---

⑬ **いい気分**：心情舒暢。

句

○**世話をする**：照顧。

○**暮らすようになる**：變得開始一起生活。

「①なあ、こうやっているとあの不思議な大雪の夜のことを②思い出す③なあ。」

「不思議な夜のこと？」お雪はその話に少し④震えました。酔っ払った小太郎はそんな事に気がつく⑤はずがありません。

「うん、山で、⑥吹雪の日、真っ白な服に真っ白な肌をしている女……。」

小太郎はあの夜のことをお雪に⑦すべて話しました。

お雪は静かにその話を⑧聞き終わりました。そして、涙を流しながら頭を擡げました。その瞬間二人の視線が合いました。その時、小太郎が⑨パッと酔いを覚ましました。

字

① **なあ**：感嘆詞，（輕喊）喂。

② **思い出す**：想起來。

③ **なあ**：終助詞，表感嘆之意，啊、呀。

④ **震える**：發抖、打顫。

⑤ **はず**：可能、應該。

⑥ **吹雪**：大風雪。

⑦ **すべて**：全、都、全部。

⑧ **聞き終わる**：聽完。

⑨ **パッと**：突然、一下子。

「對了！這幅景象讓我想起了在某個下著大雪的夜晚發生的那件不可思議的事！」

「不可思議的夜晚？」小雪聽到那些話後身體顫抖了起來。但喝醉的小太郎並沒有察覺到。

「嗯，在山上下暴風雪的那一天，有位穿著純白衣服、有著雪白肌膚的女子……。」

小太郎將那天晚上發生的事情都向小雪說了。

小雪靜靜地聽完那些話。然後，一面流著眼淚抬起頭來。兩人的視線交會的瞬間，小太郎突然酒醒了。

句

○ **涙(なみだ)を流(なが)す**：流眼淚、哭泣。

○ **酔(よ)いを覚(さ)ます**：酒醒。

「昔お前を見たような気がする。その微笑みをね。山で、吹雪の日、真っ白な服に真っ白な肌をしている女……①そっくりだ。あ！お前は、②まさか！」

お雪は小太郎に悲しそうに言いました。

「あなた！あなたはとうとう約束を破って、あの夜のことを言い出しましたね。それに、私の③正体も④見破りましたね。もう⑤永遠の別れを告げなければなりません。小太郎のことは⑥いつまでも忘れません。⑦今まで、ありがとうございました。では、さようなら。」戸が突然⑧ガタンと開き、⑨ピューと雪が舞い込んできました。

そして、お雪の姿は真っ白な雪に消えたのです。

字

① **そっくり**：一模一樣。
② **まさか**：難道。
③ **正体**：原形、真面目。
④ **見破る**：識破、看穿、看透。
⑤ **永遠の別れ**：永別。
⑥ **いつまでも**：永遠。
⑦ **今まで**：至今、目前為止。
⑧ **ガタン**：喀噠地一聲。
⑨ **ピュー**：咻，形容風聲。

句

○ **約束を破る**：不守承諾。
○ **別れを告げる**：告別。

中「以前我好像看過妳……。那個微笑、在山裡、暴風雪那天、純白的衣服、雪白肌膚的女子……一模一樣！啊！妳，難道妳……。」

小雪悲傷地向小太郎說道：

「親愛的！你終究還是破壞了約定，把那天晚上的事情說出來了。你也識破了我的真面目。我只好和你永別了，我永遠都不會忘記你的，非常感謝你的照顧。再見了。」突然，門喀噠一聲地被吹開，風雪颼颼地吹了進來。

小雪的身影便消失在雪白的白雪中了。

雪女

＊是鬼還是妖怪？

「おに」諧音為「おぬ」不存在之意。取鬼魂妖怪之虛無飄渺，就像不存在的意思。日本人的「鬼」和我們所說的鬼其實是不同的概念。「鬼」比較接近「妖怪」，而我們所說的鬼魂則較接近「幽霊」。

故事中的雪女算是日本妖怪中不可或缺的一個經典，在日本各地都有雪女的傳說。本篇是以一位日籍英國作家小泉八雲所寫的故事為本，在此也介紹其它日本人耳熟能詳的代表性妖怪們。

赤鬼・青鬼

赤鬼青鬼是很典型的「日式妖怪」，裸著上半身，身形巨大，頭上長角，有著獠牙，下半身裹著獸皮，多半配有狼牙棒且力氣過人。日本人相信天災、傳染病都是因為「鬼」在作怪所引起的，所以自古以來便有在節分灑豆子（豆蒔き）的傳統，他們會邊說「福は内、鬼は外」邊進行消災招福的儀式。

しゅてんどうじ
酒呑童子

日本三大妖怪之一，據說是百鬼之王。他相當嗜血，尤其是女人的血。身長超過六公尺，頭上長角滿臉通紅、虎背熊腰，但當他在人間作亂時又會化身為美男子到處行騙，因此也有人說酒呑童子是最俊美的妖怪。他擅長以俊俏的外型接近女子，將她們殺掉並喝掉她們的血，或擄走美女使她們成為自己的奴隸，傳說酒呑童子最後被源賴光所殺。

ねこまた
貓又

貓又是貓幻化成的妖怪，之所以叫貓又有兩種說法，一種是因為貓又的兩條尾巴是分開的，日文稱「二又（ふたまた）を分（わ）かれる」；另一種則是因為貓隨著年齡一直增長才變成妖怪，取其年齡重複堆疊之意。根據文獻記載貓又是一種有著貓眼，體型大如狗，聽得懂人話，會吃人的動物。據說貓又吃人後可以將形體變換成被吃掉的人，然後繼續活著。到了江戶時代的戲劇中，對貓又的描寫多數都是愛舔蠋台燈油的屍體小偷。

からかさこぞう
唐傘小僧

雨傘的外表下只有一隻眼睛一條腿，穿著木屐以蹦蹦跳跳的方式前進，它喜歡突然從暗處冒出，露出長長的血紅舌頭嚇人惡作劇，除此之外並不會做別的壞事。在戲劇、繪本中經常可以看到唐傘小僧的身影，但目前並無親眼看到唐傘小僧出沒的紀錄，因此被認為是虛構的妖怪。（老舊家具變成的妖怪）

天狗（てんぐ）

天狗有著高高的紅鼻子，手持團扇身材高大長著翅膀，和一張鳥嘴，腳踩日式木屐，經常以身披蓑衣的高傲形象出現，又稱「烏天狗（からすてんぐ）」。傳說天狗能在空中飛翔，並且會誘拐迷途的小孩，日本古代將小孩子突然失蹤的事件叫做「神隠し（かみかくし）」也就是被神藏起來的意思。

（鼻高々（はなたかだか）：驕傲、神氣。即是源於天狗鼻子高高又驕傲的形象而來。）

子泣き爺（こなきじじい）

兒啼爺長著一張老翁臉，身穿紅肚兜，經常出沒在深山小徑旁，假裝嬰兒的啼哭聲，而經過的旅人聽到便循聲將他抱起，這時兒啼爺會愈變愈重直到把人壓死為止，也有傳聞說若是承受得住兒啼爺的重量，便會獲得許多金銀財寶或過人的體力。

河童（かっぱ）

雖然幾乎沒人看過河童，但大眾普遍相信河童是存在的。牠是多種動物的綜合體，全身綠色有著鳥嘴，青蛙般的四肢，龜殼和猴子般的身體，河童的頭頂有小碟子般的凹槽，據說凹槽裡的水若是乾了，河童便會死掉或是法力盡失。相傳河童最愛吃小黃瓜，性情調皮喜歡跟小孩玩相撲遊戲，還能以放屁的方式前進呢！

ろくろ首（くび）

轆轤首是長頸妖怪，一般是以女性的姿態出現，她的脖子會突然伸得很長，穿過窗戶屋頂、躍過門窗嚇人，據說有些人並不知道自己是轆轤首，而是在熟睡的無意識狀態下伸出長脖子到處遊走，白天時才又變回一般人的樣子。

青行灯（あおあんどん）

相傳青行燈是個有著黑色長髮、頭上長角、牙齒塗黑身穿白衣的女鬼。而提到青行燈就必須說明「百物語（ひゃくものがたり）」這個遊戲。「百物語」是由一群人聚在一起輪流說鬼故事的遊戲，他們會在紙燈貼上藍色的紙，發出幽幽的青光。當說完第一百個故事後，青行燈就會出現，並開啟地獄之門，所有參與遊戲的人都會被帶往地獄。即使中途逃離，也會被青行燈纏住，周遭會開始出現接連的怪事，直到補足了那一百個故事為止。

座敷童子（ざしきわらし）

座敷童子多以身著紅衣的小女孩形象出現，她對人類沒有害處，只會徘徊在家中各個角落。有時能聽見她調皮的咯咯笑聲，和用力在走廊上跑的腳步聲，她說來就來說走就走，個性調皮。但只要有座敷童子出現的家，就會財源廣進福祿雙至，是很受歡迎的日本妖怪呢。

浦島太郎（うらしまたろう）

17

浦島太郎

昔々、ある村に浦島太郎という若い①漁師がいました。心が優しい浦島太郎は②年老いた母親と二人で暮らしていました。

ある日、浦島太郎は③海岸を散歩していると、④一匹の亀が子供達に⑤苛められているのを見ました。

「⑥こらこら、可哀想じゃないか。⑦逃がしてやりなさい。」

「⑧嫌だよ。⑨せっかく⑩捕まえた⑪もの。」

亀は涙を⑫零しながら浦島太郎に助けを求めるようでした。

字

① **漁師**：漁夫。

② **年老いる**：上了年紀。

③ **海岸**：海岸。

④ **一匹**：一隻、一條、一尾。

⑤ **苛める**：欺負、虐待、捉弄、折磨。「いじめ」為「欺負、霸凌」之意。

⑥ **こら**：斥喝他人，喂。

⑦ **逃がす**：放、放掉、放跑。

⑧ **嫌**：不願意、不要。

⑨ **せっかく**：特意、好不容易。

⑩ **捕まえる**：抓到、捕獲。

⑪ **もの**：終助詞。前加活用語終止形，表示不滿或感嘆的語氣。在此表示孩子不滿浦島太郎要他們放了烏龜。

18

浦島太郎

中 從前從前，在某個村落住著一位名叫浦島太郎的年輕漁夫。好心腸的浦島太郎和年邁的母親一起生活著。

某一天，浦島太郎在海邊散步時，看到一群孩子在欺負一隻烏龜。

「喂！這烏龜很可憐耶！快放了牠！」

「不要！這是我們好不容易才抓到的。」

烏龜淚眼汪汪求救似的望向浦島太郎。

⑫ 零(こぼ)す：（水滴）掉落。

句

○ 助(たす)けを求(もと)める：求救。

「①ほら、お金を②やるから③飴④でも買いなさい。」

「はい……。」子供達はお金を受け取って、⑤その場を離れて行きました。

「⑥さあさあ、もう大丈夫ですよ。二度と捕まらないように気をつけてくださいね。」

浦島太郎はそう言って、亀を海に逃がしてあげました。

その三日後、浦島太郎が海に出かけて魚を釣っていると「⑦命の恩人様、恩人様。」と誰か⑧呼ぶ声がしました。よく見ると、⑨この間助けてあげた亀でした。

「⑩先日、本当にありがとうございました。⑪お礼に、海の⑫底の⑬竜宮へご案内しますので、どうか私の⑭背中に乗ってください。」

字

① **ほら**：看啊！來！引起人注意的發語詞。

② **やる**：授受動詞，給予。

③ **飴**：糖、糖果。

④ **でも**：表示列舉、舉例。等等、之類的。

⑤ **その場**：那個地方。

⑥ **さあ**：好啦好啦。

⑦ **命の恩人様**：救命恩人。

⑧ **呼ぶ声**：叫聲。

⑨ **この間**：最近、前些日子。

⑩ **先日**：前幾天。

⑪ **お礼**：回禮、回敬、還禮。

⑫ **底**：底部、深處。

中「來！給你們一些零用錢，拿去買些糖吃吧！」

「好吧……。」孩子們拿了錢，就離開那裡了。

「好啦！不要緊了喔！下次小心點不要再被抓到囉！」

浦島太郎說著，便把烏龜放回海裡去了。

三天後，浦島太郎出海釣魚時，好像聽到了有人在叫：「救命恩人、救命恩人」的聲音。仔細一看，原來是前些日子救的那隻烏龜。

「前幾天真的非常謝謝你。為了報答你，讓我帶你到海底的龍宮玩一趟吧！請坐到我的背上來！」

---

⑬ **竜宮**（りゅうぐう）：（海底）龍宮。

⑭ **背中**（せなか）：背、背部。

句

○ **離れて行く**（はなれていく）：離開。

○ **二度と～ない**（にどと～ない）：再也不……。

○ **～てあげる**：為別人做～。在此為幫助烏龜回到海裡。

○ **海に出かける**（うみにでかける）：出海。

○ **魚を釣る**（さかなをつる）：釣魚。

○ **よく見ると**（よくみると）：仔細一看發現。

「①ほう、噂の竜宮ですか。②面白そうですね。うん、③ちょっぴり見に行きましょう。」

亀は浦島太郎を④連れて、海の中へ⑤ずんずんと⑥潜って行きました。しばらくすると、⑦真っ青な光が浮かぶ、⑧限りなく透明に近い水晶のような⑨立派な⑩宮殿が見えました。宮殿の周りに昆布が⑪ゆらゆらと揺れて、⑫ピンクの珊瑚がたくさん並んでいます。

「なんとも綺麗なところですね。」その⑬美しさに目を奪われた浦島太郎は⑭思わずそう言いました。

「⑮着きましたよ。この宮殿は竜宮です。ほら、その⑯上品な方は竜宮の主人の乙姫様です。」

字

① **ほう**：感嘆詞，哇。

② **面白い**：有趣的、有意思的。

③ **ちょっぴり**：一點、有些、一下子。

④ **連れる**：帶著。

⑤ **ずんずん**：不停地、飛快地。

⑥ **潜る**：潛水、潛入。

⑦ **真っ青**：蔚藍、深藍、湛藍。

⑧ **限りない**：沒有極限。

⑨ **立派**：很棒的、華麗的。

⑩ **宮殿**：宮殿。

⑪ **ゆらゆら**：晃動、搖曳。

⑫ **ピンク**：桃紅色、粉紅色。

⑬ **美しさ**：美麗。

中 「哇！是傳説中的龍宮嗎？好像很有趣的樣子。好啊，我去看一下好了！」

於是，烏龜帶著浦島太郎飛快地潛入海裡去了。不一會兒就看到浮在 片湛藍中、無限透明像水晶般的華麗宮殿。宮殿周圍昆布搖搖擺擺，眾多的粉紅珊瑚排列著。

浦島太郎對那光彩奪目的景象感到十分驚奇，「真是個漂亮的地方啊！」他情不自禁地説。

「到了喔！這座宮殿就是龍宮。你看！那位優雅的女子，就是我們龍宮的主人——乙姬公主。」

⑭ **思わず**（おも）：不由自主地、情不自禁地。

⑮ **着く**（つ）：到達。

⑯ **上品**（じょうひん）：優雅、典雅。

句

○ **見に行きましょう**（み・い）：一起去看看吧！

○ **しばらくすると**：不久、片刻、一會兒。

○ **目を奪う**（め・うば）：奪目、驚奇。

①入り口には、②色取り取りの魚たちに③囲まれた乙姫様が浦島太郎を出迎えてくれました。

「④ようこそお出でくださいました。私は、この竜宮の主人の乙姫です。亀を助けてくださって本当にありがとうございました。さあ、どうぞお入りください。」

浦島太郎は竜宮の⑤大広間に案内され、魚たちが次から次へと素晴らしいご馳走を運んできました。⑥ふんわりと気持ちのよい音楽が流れて、⑦海老や⑧鯛や蟹などが面白い踊りを見せてくれました。こうして、浦島太郎は時が経つのも⑨すっかり忘れて、⑩浮世の⑪煩わしさも全部捨てて、竜宮で楽しい⑫日々を過ごしていました。

字

① **入り口**：入口。
② **色取り取り**：五光十色、五彩繽紛。
③ **囲む**：包圍、圍繞。
④ **ようこそ**：歡迎、熱烈歡迎。
⑤ **大広間**：大廳。
⑥ **ふんわり**：輕飄飄地、鬆軟地。
⑦ **海老**：蝦、蝦子。
⑧ **鯛**：鯛魚。
⑨ **すっかり**：完全。
⑩ **浮世**：塵世、俗世。
⑪ **煩わしさ**：麻煩、煩瑣。
⑫ **日々**：每天。

中 在宮殿的入口處，乙姬公主被五彩繽紛的魚兒們圍繞著，前來迎接浦島太郎。

「歡迎您的到來！我是這座龍宮的主人，我叫乙姬。衷心感謝您救了烏龜。來、請進來吧！」

浦島太郎被帶往龍宮的大廳，魚兒們接二連三地運來美味佳餚。舒適悅耳的音樂輕飄飄地流洩著，蝦子、鯛魚和螃蟹跳著有趣的舞蹈。就這樣浦島太郎完全忘卻了時間的流逝，捨棄了塵世的繁瑣，在龍宮裡過著非常快樂的日子。

句

- ○**次(つぎ)から次(つぎ)へ**：一個接著一個。
- ○**音楽(おんがく)が流(なが)れる**：音樂流洩著。
- ○**こうして**：如此一來。
- ○**時(とき)が経(た)つ**：時間流逝。

その三年後の事でした。浦島太郎は①ふっと②年寄りの母親の事を思い出して心配になってなりません。そして、乙姫様に言いました。

「乙姫様、今までありがとうございます。もう三年間も竜宮にいたので、そろそろ家に帰らなければなりません。」

「もうお帰りになりますか。ずっとここにいても③よろしいのに……。仕方がありません。それでは、お土産に④玉手箱を⑤差し上げましょう。⑥けれども、この玉手箱を開けてはいけませんよ。」

「それは⑦なぜですか。」

字

①**ふっと**：①突然、忽然。②噗地一聲吹熄。在此為①的意思。

②**年寄り**：老人家。

③**よろしい**：可以；圓滿的。

④**玉手箱**：玉匣。

⑤**差し上げる**：贈送、贈給。

⑥**けれども**：但是、然而。

⑦**なぜ**：為何、為什麼。

句

○**心配になってならない**：擔心得不得了。

○**帰らなければならない**：必須回去、非回去不可。

中 三年後，浦島太郎想起了年事已高的母親，突然擔心得不得了。他便向乙姬說道：

「乙姬公主，這段時間謝謝您的招待。我已經在龍宮三年了，我該回家去了。」

「您要回去了嗎？您可以一直留在這裡的喔……。那好吧，我送您一個玉匣當禮物吧！但是，這個玉匣千萬不可以打開。」

「為什麼呢？」

○**お帰り（かえ）になりますか**：您要回去了嗎？

○**それでは**：那麼、既然如此。

「この箱には『時間』というものが入っています。開けたら、①大変なことになります。よく保存しておいてください。」

「はい、分かりました。」

浦島太郎は乙姫様から玉手箱を②もらい、亀の背中に乗って帰って行きました。

地上に戻った浦島太郎は村の様子を見て、どこか③おかしい気がしました。④確かに、ここは⑤故郷の村ですが、自分の家も母親も見つけられ⑥ず、⑦出会う人も知らない人⑧ばかりです。浦島太郎は⑨通りかかった年寄りに聞いてみました。

字

① **大変**：①大事故、大變動。②重大、嚴重。在此為②的意思。

② **もらう**：得到。

③ **おかしい**：奇怪。

④ **確かに**：確實是。

⑤ **故郷**：故鄉。

⑥ **ず**：不、表否定，等於「ない」。

⑦ **出会う**：相遇、遇見。

⑧ **ばかり**：滿是、全是。

⑨ **通りかかる**：恰巧路過。

中 「這個盒子，存放著『時間』。一旦打開就會導致嚴重的後果。請您一定要好好保存。」

「好的，我知道了。」

浦島太郎從乙姬手上取得玉匣，騎上烏龜的背回家去了。

回到陸地上的浦島太郎看到了村落，總覺得有些奇怪。的確這是自己的故鄉，但他卻找不到自己的家也找不著自己的母親，遇到的也都是陌生人。於是，浦島太郎向一位路過的老人詢問了一下。

句

○ **保存(ほぞん)しておく**：好好保存。

○ **気(き)がする**：感覺到……。

「すみません、浦島太郎の家はどこですか。教えてください。」

「浦島太郎？知らない人ですね。あ、そう、そう言えば三百年も前にそんな名前の①若者が海に出たきりで、村に帰らなかったと聞いたことはあるが。」

「えっ、三、三百年も前！」

浦島太郎はその話を聞いて驚きました。まさか、竜宮の一年は②この世の百年に当たるのでしょうか。

「それなら、お母さんも友達も皆亡くなったのか。」

と途方に暮れた浦島太郎は③がっくりと膝をつきました。どうしたら良いか分からなくなって、手にしていたの玉手箱も④どんと下に落ちました。

字

① **若者**：年輕人。
② **この世**：人世間。
③ **がっくり**：頹喪、突然無力。
④ **どんと**：咚地一聲。

中「對不起。浦島太郎的家在哪裡呢？請告訴我一下。」

「浦島太郎？我不認識這個人啊！啊、對了！被你這麼一說，我想起來了！聽說三百年前有一位姓浦島的年輕人，出了海以後就再沒回來了。」

「咦！三、三百年前！」

浦島太郎聽了那番話後嚇了一跳。難道、難道海底龍宮的一年就是凡間的一百年？

「這麼說來我的母親和我的朋友們，大家都已經不在這世界上了……。」無路可走的浦島太郎灰心喪氣地跪倒在地，手上的玉匣也咚地一聲掉落。浦島太郎已經不知道該何去何從了。

句

- ○**そう言(い)えば**：這麼說來。
- ○**出(で)たきり**：出去了之後就沒有再回來了。「～たきり」後常接否定，表示某動作之後就沒後續。
- ○**聞(き)いたことある**：有聽過。「～たことある」表示做過某事、有某種經驗。
- ○**百年(ひゃくねん)に当(あ)たる**：相當於百年。
- ○**途方(とほう)に暮(く)れる**：想不出辦法、走投無路。
- ○**膝(ひざ)をつく**：跪、跪下。

浦島太郎は開けてはいけない箱を開けてしまいました。すると中から①もくもくとたくさんの白い②煙が出てきました。「時間」という煙でした。この煙を③浴びた浦島太郎は④あっという間に髪も⑤鬚も⑥真っ白になり、⑦ヨボヨボの老人になってしまいました。

なるほど、「月日は百代の過客」と言われるように、世の中の事も竜宮の楽しい時間も皆夢のようでした。

中　浦島太郎把不能打開的盒子打開了。一瞬間，從盒子裡面冒出滾滾的白霧，那是「時間」的白煙。浦島太郎全身在白煙的籠罩之下，一眨眼的功夫就變成白髮蒼蒼、步履蹣跚的老人了。

原來，「夫光陰者，百代之過客。」一塵世俗事和在龍宮的快樂時光一樣，都像是一場夢啊！

字

① **もくもく**：滾滾地（冒煙）。

② **煙**：煙。

③ **浴びる**：沐浴、浸泡。

④ **あっという間**：慣用語，一眨眼的功夫，比喻時間如發出「啊」地聲那麼短暫。

⑤ **鬚**：鬍鬚。

⑥ **真っ白**：雪白。

⑦ **ヨボヨボ**：搖搖晃晃、步履蹣跚。

句

○ **になってしまう**：變成～了。多用在負面的情況。

○ **月日は百代の過客**：歲月光陰如百代之過客。形容歲月像過客一去不復返。

○ **～と言われる**：被稱為～、傳言～。

浦島太郎（うらしまたろう）

*千年鶴與萬年龜

本篇最後浦島太郎打開了玉匣瞬間變成一個白髮皤皤的老人，但也有的版本說浦島太郎最後變成一隻鶴，而乙姫公主其實就是那隻大海龜，若以這個結局來說的話，似乎較能解釋為什麼乙姫公主要送給浦島太郎這個不能打開的玉匣。因為浦島太郎假如發現凡間已經人事全非，卻還是遵守承諾沒有打開玉匣的話，那他依然可以維持年輕人的狀態就這麼生活下去，然而若是打開了變成一隻鶴則是象徵變成仙人再度與乙姫公主團聚，也許這才是乙姫公主給浦島太郎玉匣的真正用意吧！

謎の玉手箱（なぞのたまてばこ）：

玉手箱指的是用來存放重要物品的精美箱子，現代常看到廣島旅遊玉手箱、土產玉手箱、糕點玉手箱、喬遷玉手箱等等說法，比起龍宮來的玉手箱使用的範圍更加多元。

鯛：

鯛魚在日本稱為海中的魚之王，「鯛」由於音同「おめでたい」是象徵吉利的魚類，而鯛魚中又以紅色的最受歡迎，總是出現在過年等祝賀的場合，甚至還有這麼一句諺語：「腐っても鯛」（直譯：就算腐敗了那還是鯛魚）意同於瑕不掩瑜，足見日本人對鯛魚的喜愛程度。

亀：

烏龜象徵著長壽、財運、幸運，據說在家中的北方放置黑色的烏龜擺飾能招財納福，因為烏龜是水生動物，而水屬黑色故選黑色。也有一種烏龜叫「銭亀」由於圓圓的龜殼很像江戶時代硬幣的形狀而廣受人們喜愛。

珊瑚：

顏色討喜深受女性喜愛，再加上音同「産後」與「三五」，所以常用來祝福生產順利或是用來祝賀夫妻結褵三十五年等場合。不過珊瑚也因為太受人類喜愛被大量摘採，數量已大不如前。

昆布：

音近於喜ぶ（喜悅）。昆布生長速度快，繁殖力驚人，因此也常用來祝福人早生貴子。

＊龍宮的仙女是？

浦島太郎的父親供奉於神奈川的日蓮宗蓮法寺。一八六八年（明治元年）一場大火把原本的觀福壽寺燒掉了，之後就在同一個地方新蓋了蓮法寺。這裡供奉著七面大明神（吉祥天女），這位神明就是在法華經中出現的仙女，也就是龍宮裡的仙女。

而神紋是一隻烏龜，此外，神社裡有一對浦島父子的供奉塔，中間還有一個烏龜的石像。

＊浦島太郎從龍宮抱回觀音像？

在神奈川的淨土宗慶運寺，據說是供奉著浦島太郎從龍宮抱回的觀音像。這個觀音像本來是供奉在觀福壽寺，發生火災之後，就被移至現在的慶運寺。由於是木造的觀音像，平常是不公開的。

在神社的門前，有一個很大的石碑，上面寫著「浦島觀世音　浦島寺」，碑的底座是一隻大烏龜，仔細看的話，還會發現烏龜竟然有長耳朵，聽說那隻烏龜長得跟狸貓有點相似呢。

ぶんぶく茶釜（ちゃがま）

19

①ぶんぶく②茶釜

昔々、ある寺に心の優しい和尚さんがいました。

ある日、和尚さんが座禅を組んでいる時、どこからか「いてーいてー」と③苦しみの鳴き声が耳に入りました。よく見ると、④一匹の⑤狸が、罠にかかって血が流れています。

「⑥やれやれ、⑦さぞ痛いでしょう。」和尚さんは可哀想に思って、その狸を罠から助けてやりました。

春、寺で⑧法会が⑨催されます。しかし、⑩大勢の⑪来客を⑫賄う⑬湯釜が一つ足りませんでした。和尚さんはその事を⑭悩んで⑮眠れぬ夜が続いていました。

字

① **ぶんぶく**：原指的是茶水煮滾沸騰的聲音，後取其斜音音為文福。

② **茶釜**：燒煮茶水用的鍋、茶釜。

③ **苦しみ**：形容詞「苦しい」轉變過來的名詞，痛苦。

④ **一匹**：一隻。

⑤ **狸**：狸、狸貓。

⑥ **やれやれ**：唉呀唉呀。

⑦ **さぞ**：想必、一定是。

⑧ **法会**：法會、法事、佛事。

⑨ **催す**：舉行、舉辦。

⑩ **大勢**：很多的（人）。

⑪ **来客**：客人。

20

文福茶釜

中 從前從前，某間寺廟裡住著一位好心腸的和尚。

某一天，那位和尚盤著腿打坐的時候，聽到不知從哪裡傳來「痛、好痛！」的痛苦鳴叫聲。仔細一看，是一隻狸貓中了陷阱正在流血。

「哎呀呀！一定很痛吧！」和尚覺得牠很可憐，便幫助那隻狸貓從陷阱裡逃了出來。

春天時寺廟要舉辦法會，提供眾多客人茶水的燒水用鍋少了一個。和尚煩惱著這件事情，連續好幾天都睡不著覺。

⑫ **賄(まかな)う**：供給、提供（飯食）。

⑬ **湯釜(ゆがま)**：燒水用的鍋。

⑭ **悩(なや)む**：煩惱。

⑮ **眠(ねむ)れぬ**：睡不著。「ぬ」是文語的否定用法。

句

○ **座禅(ざぜん)を組(く)む**：坐禪、打坐。

○ **耳(みみ)に入(はい)る**：聽見。

○ **罠(わな)にかかる**：掉入陷阱。

その三日後（みっかご）、寺（てら）の茶堂（さどう）にどこからか一（ひと）つの大（おお）きい茶釜（ちゃがま）が現（あらわ）れました。そうです。これは狸（たぬき）が①恩返（おんがえ）しに②くるりと③宙返（ちゅうがえ）りをして、④化（ば）けたものです。

「これは、これは⑤見事（みごと）な茶釜（ちゃがま）ですね。」

和尚（おしょう）さんは⑥どっしりとした⑦紫金（しきん）の茶釜（ちゃがま）を見（み）て、思（おも）わず⑧賞賛（しょうさん）の声（こえ）をあげました。

和尚（おしょう）さんはすぐに⑨小坊主（こぼうず）を呼（よ）んでこう言（い）いました。

「川（かわ）へ行（い）って、この茶釜（ちゃがま）をきれいに洗（あら）って来（き）なさい。」

「はい。」

小坊主（こぼうず）は⑩さっそく、川（かわ）に行（い）って茶釜（ちゃがま）を⑪束子（たわし）で⑫ごしごしと洗（あら）いました。

字

① **恩返（おんがえ）し**：報恩。
② **くるり**：轉身。
③ **宙返（ちゅうがえ）り**：翻筋斗。
④ **化（ば）ける**：喬裝、幻化。
⑤ **見事（みごと）**：非常漂亮、卓越、很棒。
⑥ **どっしり**：沈重、沈甸甸。
⑦ **紫金（しきん）**：紅銅的一種。
⑧ **賞賛（しょうさん）**：稱讚、讚賞。
⑨ **小坊主（こぼうず）**：小和尚。
⑩ **さっそく**：馬上、趕緊。
⑪ **束子（たわし）**：刷洗鍋碗等炊事用具的刷子，炊箒。
⑫ **ごしごし**：使勁地、咯哧咯哧。

中 過了三天，在寺廟的茶堂出現了一個不知從哪裡冒出來的大茶釜。是的，就是那隻狸貓為了報恩翻個筋斗變出來的東西。

「這、這真是個漂亮的好茶釜！」和尚看到了這個沈甸甸的紫金色茶釜，不由得發出了讚嘆聲。

於是，和尚馬上叫了小和尚過來並吩咐道：

「去河邊，把這個茶釜洗乾淨。」

「是！」

小和尚立刻跑到河邊，使勁地刷洗著。

すると茶釜は「おい、小坊主さん、優しく洗ってくださいよ。痛くて堪らないよ。」と言いました。

「①うひゃー、②喋った、茶釜が喋ったよ！」

③びっくりした小坊主は慌てて寺に戻って和尚さんにこの話をしましたが、和尚さんは信じてくれませんでした。

「水を入れて④竈の火を炊きなさい。」

「はい。」

今度、小坊主は⑤慎重に茶釜に水を入れて火を起こしました。

「おい、小坊主さん、火を消してくれなさいよ。熱くて堪らないよ。」

中 「喂！小和尚，輕一點好不好？你太用力了，痛得我受不了！」茶釜突然說起話來了。

「嗚哇——！說話了！茶釜說話了！」

嚇了一大跳的小和尚，慌慌張張地跑回寺廟跟和尚說了這件事，可是和尚並不相信他。

「去加水把爐灶的火生起來。」

「是！」

這一次，小和尚小心地將水倒進去之後，點起了火。

「喂！小和尚把火熄掉啦！燙得讓我受不了啦！」

好久好久以前

取らぬ狸の皮算用：由古時獵人還沒有獵到狸貓卻在盤算著狸貓皮毛價值的情形，後用來形容早早就在盤算還沒到手的利益。

字

① **うひゃ**：嗚哇～。慘叫聲。
② **喋る**：說、講。
③ **びっくり**：嚇了一跳。
④ **竈**：灶、爐灶。
⑤ **慎重に**：很慎重地、很仔細地。

句

○ **痛くて堪らない**：痛得受不了。「～て堪らない」是表示某種程度強烈得令人受不了。
○ **水を入れる**：倒水。
○ **火を炊く**：生火。
○ **火を起こす**：生火。
○ **火を消す**：滅火。

水温が上がると、茶釜がまた喋りました。

「うひゃ！喋った、茶釜がまた喋ったよ！」

驚いた小坊主は和尚さんにこの事も話しましたが、和尚さんは信じてくれませんでした。

そして、法会の日、多くの僧俗が寺に集まってきました。茶釜が茶室に①備えてありました。②会合中、③不思議な事がありました。

「④珍しいですね、この茶釜は。」

「そうですね。どっしりと紫金の茶釜ですね。」

「⑤お湯は⑥いくら⑦汲んでも、汲んでも⑧尽きませんね。」

それに、そのお湯はとてもうまくて、皆の⑨喉を⑩潤すことができました。

中

水溫一上升，茶釜又開始説話了。

「嗚哇！説話了！茶釜又説話了！」

嚇了一跳的小和尚，又跟和尚説了這件事，可是和尚仍不相信他。

然後，到了舉行法會的日子了。寺廟裡聚集了很多的善男信女。那個茶釜被放在茶室裡。法會中，發生了非常不可思議的事情。

「真是難得一見的茶釜啊！」

「對呀！是個沈甸甸的紫金色茶釜呢！」

「裡面的水不管你再怎麼舀、再怎麼舀，好像都舀不完耶！」

而且裝在裡面的水非常甘美，大家都感覺相當潤喉。

字

① **備える**：設置、裝置。
② **会合**：聚會、開會。
③ **不思議**：不可思議。
④ **珍しい**：稀奇、罕見。
⑤ **お湯**：熱水。
⑥ **いくら**：在此為再怎麼樣都～。後常接否定。
⑦ **汲む**：斟、倒、舀。
⑧ **尽きる**：盡、用罄、沒有。
⑨ **喉**：喉嚨。
⑩ **潤す**：滋潤。

句

○ **ことができる**：可以～。

「①うふふ、肌(はだ)が綺麗(きれい)になりました！」とある女性(じょせい)が自分(じぶん)の②すべすべになった肌(はだ)に③触(さわ)って笑(わら)って言(い)いました。

「④あれあれ、髪(かみ)が生(は)えました！」と⑤禿頭(はげあたま)の人(ひと)がびっくりして言(い)いました。

「わあ、目(め)が見(み)えるようになりました！」と⑥生(う)まれつき目(め)が不自由(ふじゆう)な人(ひと)が⑦喜(よろこ)んで⑧叫(さけ)びました。

「わあ、歩(ある)けるようになりました！」と⑨怪我(けが)で歩(ある)けない人も⑩嬉(うれ)しくて⑪走(はし)り出(だ)しました。

「これは、これは本当(ほんとう)に不思議(ふしぎ)な茶釜(ちゃがま)ですね。そのお湯(ゆ)を飲(の)むと福(ふく)が来(き)ますね。」

字

① **うふふ**：嘻嘻（笑聲）。

② **すべすべ**：光滑、滑溜、光滑細緻。

③ **触(さわ)る**：摸、碰觸。

④ **あれあれ**：唉唷。驚呼聲。

⑤ **禿頭(はげあたま)**：禿頭。

⑥ **生(う)まれつき**：天生。

⑦ **喜(よろこ)ぶ**：①喜悅、歡喜。②欣然接受。在此為①的意思。

⑧ **叫(さけ)ぶ**：叫、喊。

⑨ **怪我(けが)**：受傷、負傷。

⑩ **嬉(うれ)しい**：開心。

⑪ **走(はし)り出(だ)す**：跑了出去。

中

「嘻嘻！我的肌膚變漂亮了。」一個女生撫摸著自己變得光滑細緻的肌膚後説道。

「哎喲！我的頭髮長出來了。」有個禿頭的人驚訝地説道。

「噢！我的眼睛看得見了。」天生就眼盲看不見的人高興地歡呼著。

「哇！我能走路了。」因受傷而無法行走的人開心地跑了起來。

「這真是個不可思議的茶釜啊！喝了它裡面的水以後，福氣就來了呢！」

好久好久以前

狸寝入り（たぬきねいり）：狸貓是很膽小的動物，被驚嚇到時會假裝暈倒不省人事，後用來比喻假睡。

句

○**目が不自由**（めふじゆう）：眼盲。

○**歩けるようになる**（ある）：變得可以行走。「動詞辭書形・否定形＋ようになる」表示變得～。

和尚さんはこの茶釜を縁起がいいものと①見做して、「文福茶釜」と②名付けました。

その夜の事でした。

寺の皆も「茶釜」も③熟睡していました。しばらくすると、小坊主は④何らかの⑤音で目を覚ましました。小坊主は音の⑥出所をよく見ると驚いて叫びました。

「茶釜から⑦しっぽが出てきました。」

「それから⑧手足も出てきました。」

「手足に毛が生えました。」

「⑨それに、顔も出てきました。」

「わあ、狸だ！」

字

① **見做す**：看作、認為。

② **名付ける**：取名、命名。

③ **熟睡**：熟睡。

④ **何らか**：不知道是什麼的。

⑤ **音**：聲音（無生命的聲響）。

⑥ **出所**：來源、出處。

⑦ **しっぽ**：尾巴。

⑧ **手足**：手腳。

⑨ **それに**：而且。

中 和尚認為這是個會招來福氣的茶釜，所以將它命名為「文福茶釜」。

那天晚上。

寺廟裡的人都熟睡了，「茶釜」也跟著睡著了。過了一會兒，小和尚不知被什麼聲音給弄醒，他仔細看了一下聲音的來源後，發出驚恐的叫聲。

「茶釜長出尾巴來了！」

「連手腳都跑出來了！」

「手腳上生出毛髮來了！」

「還有，連臉都跑出來了！」

「哇！狸貓！是狸貓！」

句

- **縁起がいい**：吉利、有福氣。
- **しばらくすると**：不久、片刻、一會兒。
- **目を覚ます**：張開眼睛、睡醒。
- **出てくる**：出現、跑出來。
- **毛が生える**：長出毛。

①正体を現した狸がすぐにくるりと宙返りをしたが、もう②元の「茶釜」に戻ることができませんでした。いくら③形を変えても、その茶釜は手足がついた「茶釜」でした。

狸は仕方がなく、和尚さんから受けた恩に報いる④ために、「茶釜」に⑤化けた事の⑥由を⑦偽らず⑧告白をしました。

「まあまあ、⑨宜しいことではありませんか。狸の形をしても、手足がついた茶釜になっても宜しいことではありませんか。」

和尚さんは⑩和気藹々と言いながら、茶釜の下に⑪柔らかい⑫座布団を⑬敷きました。

字

① **正体**：真面目。
② **元**：原本的。
③ **形**：形狀、外形。
④ **ために**：為了～。表示原因。
⑤ **化ける**：幻化、變身。
⑥ **由**：緣由、由來。
⑦ **偽らず**：坦承。「偽る」是說謊的意思，加上「ず」表示否定。
⑧ **告白**：坦白。
⑨ **宜しい**：可以；圓滿的。
⑩ **和気藹々**：慈祥和藹。
⑪ **柔らかい**：柔軟的。
⑫ **座布団**：坐墊。
⑬ **敷く**：舖上。

中

現出原形的狸貓雖然立刻轉身翻個筋斗想變回去，但是牠再也變不回茶釜的樣子了。不管牠再怎麼努力，那個茶釜都還是長著手腳的茶釜。

沒有辦法，牠只好向大家老老實實地坦白說是為了報答和尚的恩情才如此的。

「哎呀哎呀！這也沒什麼不好的啊！就算是狸貓的樣子，或是長著手腳的茶釜，都沒什麼不好的啊！」

和尚一面和藹地說著一面將一塊柔軟的坐墊鋪在茶釜的下面。

句

○**手足(てあし)がついた**：有手有腳的。

○**恩(おん)に報(むく)いる**：報恩。

○**ではありませんか**：不是嗎？是一種溫和的表達方式。

その後、この茶釜の湯で喉を潤す者は①開運出世・②寿命長久等、八つの③功徳に④与るという⑤伝えが広がってきました。そして、寺に⑥恭しく⑦参拝する人の往来が絶え間なく続いていると言われる。

今になってもその「文福茶釜」が茂林寺の⑧什宝です。

中 在那之後，喝了那茶釜內的水，以此潤喉的人，就能得到開運仕途順遂、長命百歲等八種功效的傳説便傳開了。因此，來到寺廟參拜的人絡繹不絕。

至今，文福茶釜還是茂林寺的寺寶。

字

① **開運出世**：開運升遷。
② **寿命長久**：長命百歲。
③ **功徳**：善行、福報。
④ **与る**：①參與、干預。②承蒙、蒙受。在此為②的意思。
⑤ **伝え**：傳説。
⑥ **恭しい**：莊重的。
⑦ **参拝**：參拜。
⑧ **什宝**：珍寶。

句

○ **広がってくる**：廣為流傳。
○ **往来が絶え間ない**：絡繹不絕。
○ **今になっても**：直到現在。

ぶんぶく茶釜

＊有福氣的狸貓小僧

日本的商店前面常常會放「たぬき」，是因為取其諧音「他の抜き」（比別人優秀），代表我這間店比別間好，因此常被擺設在商業場所當吉祥物招攬客人。

＊大吉大利的狸貓小僧

「酒買い小僧」（買酒的小傢伙）是たぬき最常出現的造型。而他身上的每一個小配件，都有特殊的含義喔。

笠
消災解厄，保護自身安全。

顏
討人喜歡，笑臉迎人。

目
眼觀四面，判斷正確。

腹
冷靜果斷具有魄力。

尾
處變不驚，大事化小小事化無。

通帳
象徵信用為處事之本的帳簿。

德利
不愁吃穿，德性良善。

* あんかけ：勾芡

狸貓二三事

「タヌキ腹(はら) / 太鼓腹(たいこばら) / ビール腹(ばら)」

：啤酒肚。（用在男生身上！）

「たぬき寝入(ねい)り」：裝睡。

「同(おな)じ穴(あな)のむじな、同(おな)じ穴(あな)の狸(たぬき)」：一丘之貉。

「狸顔(たぬきがお)」：可愛、大眼睛感覺無害的臉。

「狐顔(きつねがお)」：精明、豔麗成熟型的長相。

ねずみの嫁入り

21

①ねずみの②嫁入り

昔々、ある所に鼠の夫婦が住んでいました。

子供がいないので、③神様に④懇切にお⑤祈りしました。一年後、やっと一人の女の子が⑥授けられました。夫婦二人は「忠子」と名付けて、大切に⑦育てていました。大きくなった忠子は⑧なんと人々を⑨傾倒させる⑩ほどの⑪傾城になりました。

「ねえ、お父さん、そろそろ忠子に⑫お婿さんを選ばなければなりませんね。」

「そうだね。うちの娘は世界一美しい娘だから、世界一強いお婿さんをもらわなければならないね。」

字

① **ねずみ**：老鼠。

② **嫁入り**：出嫁。

③ **神様**：神明。

④ **懇切**：懇切、誠懇。

⑤ **祈る**：祈求、祈禱。

⑥ **授ける**：①授予、賜予。②傳授、教導。在此為①的意思。

⑦ **育てる**：培育、撫育。

⑧ **なんと**：強調讚嘆或失望的語氣。

⑨ **傾倒**：傾倒、愛慕。

⑩ **ほど**：表示程度。

⑪ **傾城**：美貌足以傾國傾城。

⑫ **お婿さん**：丈夫。

22

老鼠嫁女兒

中 從前從前，在某個地方住著一對老鼠夫婦。

一直都沒有孩子的夫婦倆時常虔誠地祈禱著能有個孩子。一年後，神明終於賜給了他們一個女兒。夫婦二人將她取名為「忠子」，寵愛有加地養育她。長大後的忠子變成一位傾國傾城的大美女了。

「喂！孩子的爹，我們差不多該給忠子選個丈夫了吧！」

「對啊！我們家的女兒是世界上最漂亮的，所以我們必須為她選一個世界上最強的丈夫才行。」

好久好久以前

ねずみ算（ざん）：像老鼠生孩子一樣比喻數量急速增加。

句

○**もらわなければならない**：一定要得到。

「そう言えば、世界一強いのは、①やはり高い空から②世界中を③明るく④照らしている太陽ではありませんか。」

それで、夫婦二人は太陽様のところへ行ってお願いしました。

「世界一強い太陽様、娘の忠子のお婿さんになっていただけませんか。」

すると、太陽様は⑤にこにこと笑って答えました。

「⑥確かに、私は強いですね。しかし、こんな私にも勝てない⑦相手がいます。」

「え？それはどなたですか？」

「雲です。雲さんは私より強いです。どんなに頑張っても雲は私を簡単に⑧隠してしまいますから。」

字

① **やはり**：仍然、還是。

② **世界中**：全世界、整個世界。

③ **明るい**：明亮。

④ **照らす**：照亮。

⑤ **にこにこ**：笑咪咪、笑嘻嘻、笑吟吟。

⑥ **確かに**：確實是、的確是。

⑦ **相手**：對方、對手。

⑧ **隠す**：掩蓋、隱藏。

句

○ **そう言えば**：這麼說來。

○ **～ていただけませんか**：可以～嗎？

○ **より～**：比較～。

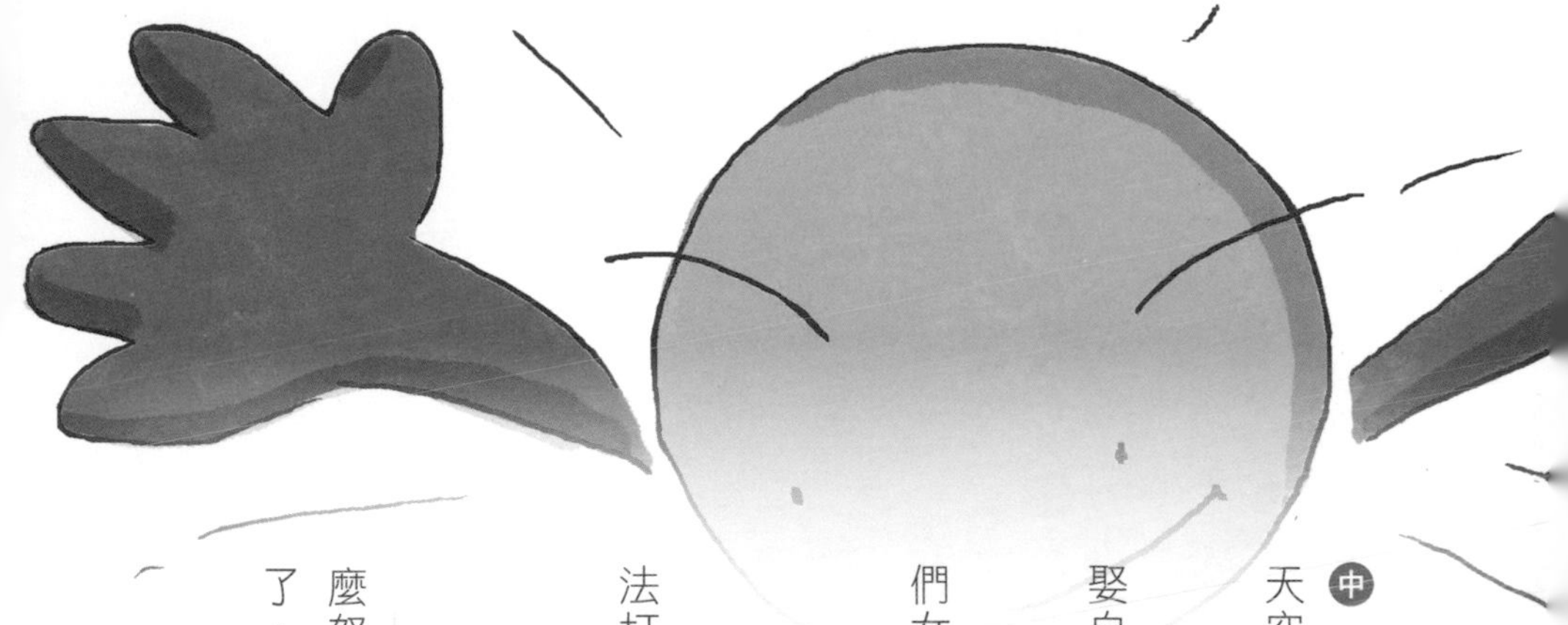

中「這麼說來，世界上最強的應該就屬高掛在天空中，照亮全世界的太陽先生了吧！」

因此，夫婦二人便到太陽先生那裡去拜託他娶自己的女兒了。

「全世界最強的太陽先生呀！能否請你當我們女兒忠子的丈夫呢？」

於是，太陽笑咪咪地回答：

「我很強沒錯。可是，這麼強大的我也有無法打敗的對手。」

「咦！那是誰呢？」

「是雲，雲先生比我還強。因為不管我再怎麼努力，雲還是可以很簡單地就把我給遮蔽住了。」

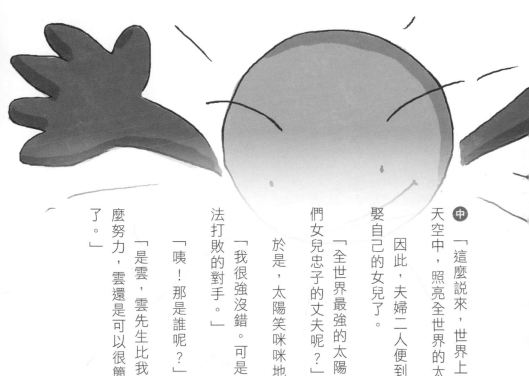

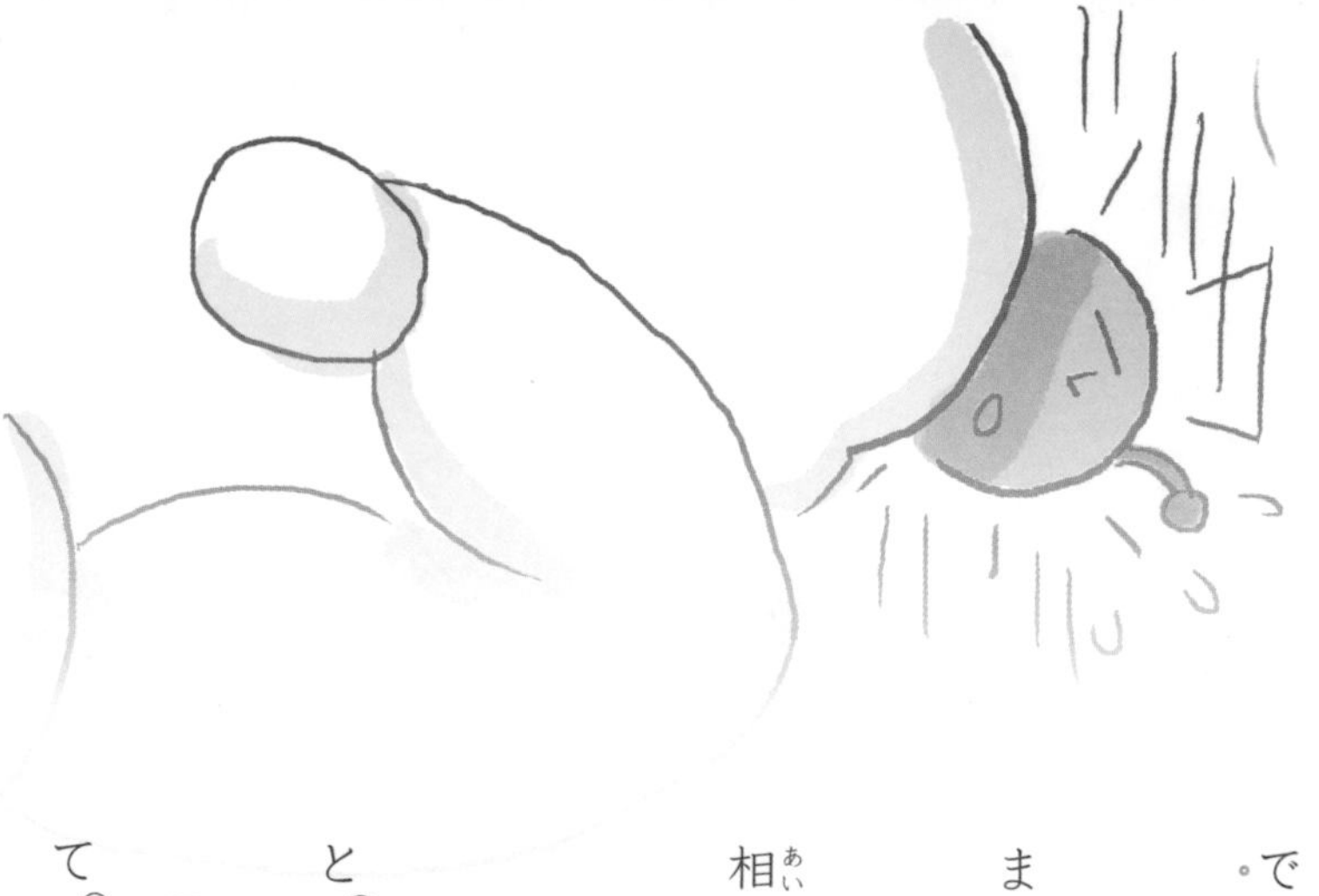

「①なるほど！」と夫婦二人は雲のところへ行って②頼んでみました。

「太陽様より強い雲様、忠子をお嫁にもらってくださいませんか。」

「それは嬉しいことですが、私にも勝てない相手がいます。」

「え？それはまたどなたですか。」

「風ですよ、風さんです。風は私をかるがると③吹き飛ばしてしまいますから。」

「なるほど！」と夫婦二人は風のところへ行って④尋ねてみました。

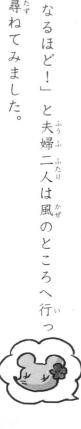

中

「原來如此！」夫婦二人便到雲先生那邊去拜託看看了。

「比太陽更強的雲先生啊！能否請你娶我們家忠子當新娘呢？」

「那真是令人高興的事啊！可是，我也有贏不了的對手。」

「咦？那又是哪位呢？」

「是風，風先生比我還強。因為風總能輕易地把我吹跑。」

「原來如此！」於是夫婦二人到風那邊去問問看了。

字

① **なるほど**：原來如此。

② **頼（たの）む**：請求、懇求。

③ **吹（ふ）き飛（と）ばす**：吹跑、刮跑。

④ **尋（たず）ねる**：問、詢問。

句

○ **～てみる**：做～試試看。

「雲を簡単に吹き飛ばせる風様、世界一綺麗な忠子と結婚していただけませんか。」

「それは①ありがたいことですが、私にもいくら吹いても②動かない③方がいます。私より強い方がいますよ。」

「え？それはどなたですか。」

「それは壁です。壁さんは私がいくら吹いても動かないで、④しっかり立っていますから。私は壁に勝てませんね。」

「なるほど！」と夫婦二人は壁のところへ行ってみました。

字

① **ありがたい**：源自「少有、難得」之意。表示難得的、值得感謝的。

② **動く**：動、移動。

③ **方**：人（尊稱）。

④ **しっかり**：結實、牢固、堅定。

句

○ **いくら～ても**：即使～。後常接否定。

中

「輕易地就可以吹跑雲的風先生啊！能否請你和世界上最美麗的忠子結婚呢？」

「那真是太令人感到榮幸了！可是，也有不管我怎麼吹也吹不動，比我還強的人喔！」

「咦！那是哪位呢？」

「牆壁。因為，不論我再怎麼吹，牆壁先生都不動如山。我呀……是贏不了他的呢！」

「原來如此！」於是，夫婦二人跑到牆壁那邊去問看看了。

「風にどんなに吹かれても動かない壁様、あなたは①世の中で一番強い方です。どうぞ、うちの娘をお嫁にもらってくださいませんか。」

「まあ、確かに私は風を②容易く③跳ね返すことができます。しかし、私より強い者がいます。」

「え？それはどなたですか。」

「鼠ですよ、鼠さんは私の体を④食い破って、穴を開けて⑤通り抜けていくのではありませんか。鼠に⑥齧られたら、私が終わりですから。私は鼠に⑦敵いませんよ。」

鼠夫婦二人は⑧翻然と道理を⑨悟って、⑩ぽんと手を打ちました。

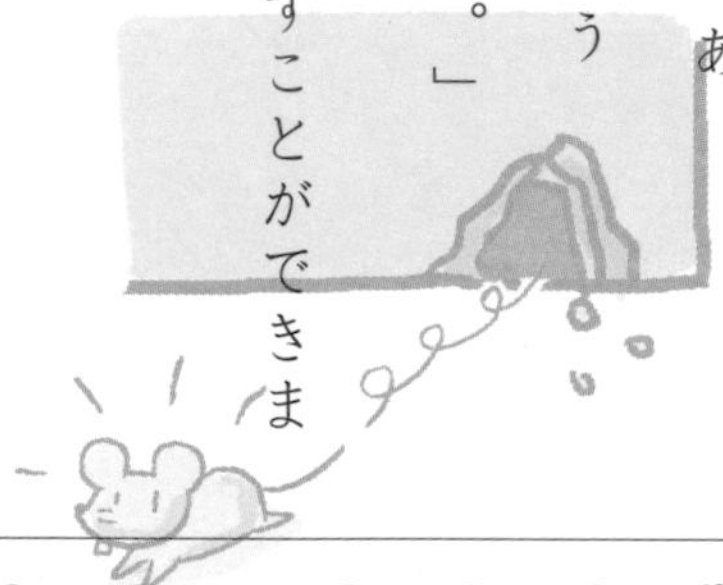

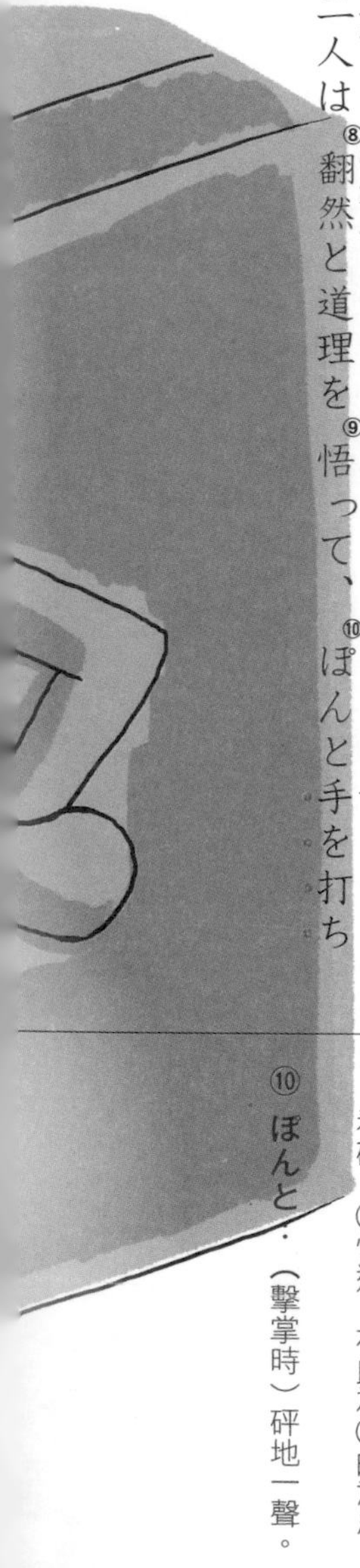

字

① **世の中**：世間、世上。
② **容易い**：容易、輕易。
③ **跳ね返す**：推翻，頂撞回去、反彈回去。
④ **食い破る**：咬破、啃破。
⑤ **通り抜ける**：穿過去。
⑥ **齧る**：用牙齒咬、啃。
⑦ **敵う**：敵得過、比得上。
⑧ **翻然**：翻然、恍然。
⑨ **悟る**：①醒悟、理解。②察覺、看破。③悟道。在此為①的意思。
⑩ **ぽんと**：（擊掌時）砰地一聲。

中

「不論風再怎麼吹都不動如山的牆壁先生，你是世上最強的了。能不能請你娶我們家女兒當新娘呢？」

「嗯，的確我能輕易地就將風反彈回去。但是還有比我更強的人。」

「咦！那是哪位呢？」

「是老鼠，因為老鼠會啃破我的身體、打個洞穿過去。一旦被老鼠咬了，我就完蛋了。我是敵不過老鼠的喔！」

老鼠夫婦突然恍然大悟，「啪」地一聲、拍了一下手。

句

○ **穴(あな)を開(あ)ける**：打洞。

○ **手(て)を打(う)つ**：（恍然大悟時）拍了手一下。

好久好久以前

窮鼠猫(きゅうそねこ)を噛(か)む：狗急跳牆。

「今まで気が付きませんでした。なるほど！世界で一番強い者は私達鼠だったのですね。」

それで、鼠の忠子は①めでたく鼠の②お嫁さんになりました。

中 「我們之前都沒有注意到。原來如此！世界上最強的是我們老鼠啊！」

於是，老鼠忠子便歡天喜地成為老鼠新娘了。

好久好久以前

ただのねずみではない：是個不可小覷的角色。

字

① **めでたい**：可喜、可賀，圓滿、順利。

② **お嫁さん**：新娘、媳婦。

句

○ **気が付く**：發現、注意到。

ねずみの嫁入り

*從入贅到嫁娶

古代日本是母系社會，所以最一開始的婚姻制度是男性入贅到女方家裡，在那個時代，男性若有心儀的對象想入贅到對方家中，必須「往返」女方家，直到獲得女方的許可，才能舉辦婚禮。到了戰國時代，才漸漸演變成女生嫁入男方家的形式。

*古老年代的相親

在江戶時代，男女到了適婚年齡便會舉辦相親活動，雖名為相親，但其實與現代兩情相悅的方式有很大的差別。一般來說會在女方家舉辦相親活動，男方前往參

加，活動開始時，女方會端茶點請男方品嚐，若男方對女生有意思的話，就會取用盤上的茶點，或是留下自己的扇子等隨身物品，表達同意這門親事之意，反之則不碰任何點心茶飲離去。可說是全憑男子意思決定結婚與否。

＊結納（ゆいのう）

「結納（ゆいのう）」原指在婚禮前，男方帶著象徵吉利的美酒佳餚到女方家拜訪的儀式，到了戰國時代，形成由女方嫁入男方的婚姻形式，「結納（ゆいのう）」則轉變為男方贈予女方一切婚禮所需的物品（衣服、首飾等），而女方則帶著與這些東西價值相應的嫁妝一起嫁入男方家庭的儀式。這樣的轉變關鍵在於由男方主導婚禮後，為平衡組織家庭的收支，女方補貼男方婚禮支出的一種方式。而「結納（ゆいのう）」也加深了新家庭與兩大家族的連結，使彼此關係更深厚。

＊結婚必須昭告天下

現代的日本人在舉行完婚宴的隔天，新人與男方父母還會一同拜訪問候附近鄰居，告訴大家家族中來了新成員。婚禮莊嚴肅穆，婚宴則宴請所有的親戚朋友、街坊鄰居，自古以來日本便有比起婚禮更重視婚宴的習慣。而等待開宴時的空檔，新人會為來賓準備櫻花茶，在茶碗中放入鹽漬櫻花，注入熱水後櫻花會像活了過來似的開花，看起來既吉利又賞心悅目。

*傳統結婚禮服

色打掛（いろうちかけ）

鮮豔華麗的刺繡，不僅外觀美麗氣派，更是傳統武家女性的正式裝扮。

白無垢（しろむく）

新娘穿上象徵純潔的白色，代表著將染上夫家的色彩，為夫家注入新血。

綿帽子（わたぼうし）

除了新郎外不露臉給別人看，有純潔無邪、高雅賢淑的含義。通常和白無垢一起搭配。

角隠し（つのかくし）

將象徵怒氣的角藏起來，成為順從的新娘。不管是搭白無垢或色打掛，都很合適。

MEMO

寿

彩色修訂版

日語閱讀越聽越上手

日本經典童話故事

（附情境配樂・中日對照朗讀 QR Code 線上音檔）

著者　何欣泰
總編輯　洪季楨
編輯　洪儀庭・徐一巧・陳思穎・黎虹君・葉雯婷
插畫　山本峰規子・王舒玗
編輯協力　張婷
錄音　須永賢一・永野惠子・陳進益・盧敘榮
內頁設計　徐一巧
封面設計　王舒玗
編輯企劃　笛藤出版
發行人　林建仲
發行所　八方出版股份有限公司
地址　台北市中山區長安東路二段171號3樓3室
電話　(02)2777-3682
傳真　(02)2777-3672
製版廠　造極彩色印刷製版股份有限公司
地址　新北市中和區中山路二段340巷36號
電話　(02)2240-0333・(02)2248-3904
總經銷　聯合發行股份有限公司
地址　新北市新店區寶橋路235巷6弄6號2樓
電話　(02)2917-8022・(02)2917-8042
劃撥帳戶　八方出版股份有限公司
劃撥帳號　19809050

日語閱讀越聽越上手：日本經典童話故事 / 何欣泰著. -- 三版. --
臺北市：笛藤出版, 2024.01
面；　公分
彩色版
ISBN 978-957-710-911-8(平裝)
1.CST: 日語 2.CST: 讀本
803.18　　112022518

定價 380 元
2024 年 1 月 29 日　三版 1 刷